白发阿娥
及其他

西西

译林出版社

图书在版编目（CIP）数据

白发阿娥及其他/西西著．—南京：译林出版社，2022.3
(西西作品)
ISBN 978-7-5447-8893-9

Ⅰ.①白… Ⅱ.①西… Ⅲ.①短篇小说-小说集-中国-当代 Ⅳ.①I247.7

中国版本图书馆 CIP 数据核字（2021）第 215363 号

本书由台湾洪范书店有限公司授权出版，仅限中国大陆销售。

白发阿娥及其他　西　西／著

责任编辑	管小榕
特约编辑	刘盟赟
装帧设计	黄子钦
校　　对	孙玉兰　王　敏
责任印制	颜　亮

出版发行	译林出版社
地　　址	南京市湖南路 1 号 A 楼
邮　　箱	yilin@yilin.com
网　　址	www.yilin.com
市场热线	025-86633278
排　　版	南京展望文化发展有限公司
印　　刷	南京爱德印刷有限公司
开　　本	850毫米 ×1168毫米 1/32
印　　张	6.25
插　　页	4
版　　次	2022 年 3 月第 1 版
印　　次	2022 年 3 月第 1 次印刷
书　　号	ISBN 978-7-5447-8893-9
定　　价	52.00 元

版权所有 · 侵权必究

译林版图书若有印装错误可向出版社调换。质量热线：025-83658316

左撇子序 西西

这篇短序是用左手写的；不是缪斯眷顾了它，而是多年前放射治疗，伤害了右手的某组神经，使拇指和食指失去知觉，甚至无法弯曲，因此不能拿筷子、扣纽扣、拧毛布，以及写字、按鼠标，只好叫左手代劳了。写字的任务，从此交给左手。但哪里是写字呢，根本是画画，凡〇字都打圆圈，繁体化简，有些则回复象形符号。右手也有好处，比如说要抽血了，就由它担当，因为它不再怕疼。

小说还写不写？也许可以的吧，但必定是蜗牛的速度了。集子里有的小说很短，就是左手的功劳。我的家庭医生是左撇子，所以他不替病人做手术，因为没有左撇子护士协助，多有不便。我比他幸运，铅笔、纸张无分左右。

进入左撇子时代，仍能出书，特别值得高兴，虽然大部分的小说是右手的旧作。谢谢洪范，谢谢朋友。近年不再写信，则请朋友原谅。

目录

卷一 白发阿娥

春望 3

梦见水蛇的白发阿娥 21

玫瑰阿娥 27

九纹龙 38

玫瑰阿娥的白发时代 51

白发阿娥与皇帝 72

他者 83

照相馆 89

卷二　其他

解体　　　　　　101

创世记　　　　　121

失乐园　　　　　142

巨人岛　　　　　149

巴士　　　　　　160

共时　　　　　　164

《浪子燕青》补遗　170

陈大文搬家　　　183

鹜或羔羊　　　　188

盒子　　　　　　190

创业　　　　　　193

新春运程记历　　195

卷一
白发阿娥

春望

"阿明真的很胖吗?"陈老太太削青萝卜皮,数蜜枣,切红萝卜片,解冻牛肉,打开一个纸包的南北杏。

"简直有三个你那么胖,和从前的模样都不像了。"美华替换双叠床的床单、枕套,掀起桌布,扔进洗衣机;拆下抽油扇的风翼浸入清洁剂。

"婷婷和她一起来?"陈老太太烧开水,冲茶,抓一小撮米漏入长脊瓶注水摇撞。

"我一抵达宾馆就打电话过去,辗转了十多分钟才听见明姨的声音,她说立刻来,就和婷婷一起赶来了。"美华揉按一团旧报纸磨窗玻璃,亮镜面;扫地,拖地,上光蜡水,把屋内的六把座椅全部四脚朝天搁在桌面和床铺上。

"你上次说,她们母女两个人从家里一直走路来,没有乘搭公共汽车。"陈老太太搓碗布,揩糖壶、盐钵、酱酒瓶子,使劲用钢丝擦锅底。

"车很挤,明姨又不习惯骑自行车,况且,她的眼睛不大好。"美华把碎布条穿入铁闸的花饰栅栏格拖拉,把缝纫机油滴在门轨上,手持喷雾罐追杀蟑螂。

"足足走了一个多钟头呀。"陈老太太把焦黄的隔夜香白兰倒进垃圾桶,伸手按捉碟底的蚂蚁。

"天气很热，又是正午，当时的气温，怕有三十八度，明姨和婷婷两个人都满头汗。我正在饭堂里吃饭，宾馆的服务员进来叫，有人找陈美华。我丢下碗筷抢出门外，只见大门口并肩站着两名女子，年轻的女孩穿碎花布裙，梳小辫子；中年妇人穿白蒙蒙的衬衫、黑布长裤、胶凉鞋，直头发挂在耳朵边，和宾馆里的服务员十分相似。我呆了呆，终于喊，是明姨吗？"

"是明姨吗？"

"是不是美华？"

"我是美华，我是美华。"

"果然是美华呐。"

"你真的是明姨。"

"我们每天就盼你来。"

"差不多认不得你了。"

"一直等你的电话。"

"仔细看看，轮廓还辨认得出。"

"终于等到你来了。"

"真想不到。"

"还能见面。"

"起初，还以为不过分别一年半载。"

"忽然许多年就过去了。"

"整整二十四年了。"

"是二十四年么？"

"二十四年了。"

"那时候，你还没有结婚。我记得，有一个陌生大男孩每天来给你补习功课，我们一群捣蛋小鬼就在门外唱小调。"

"现在，我女儿婷婷也进中学了。婷婷，快叫表姐。美华，她就是婷婷。"

"相片里那么小小的，原来长得比我还高。"

"也是这半年忽然长高的。"

"像她爸爸吧，也是一个高个子。"

"你怎么这般瘦，该多吃点才好。"

"多吃点？不，不，还是瘦点好。"

"瘦有什么好，又不是没饭吃。"

"我们那里的人啊，都喜欢瘦，不喜欢胖。"

"不喜欢胖？为什么呀？倒是头一回听到。"

"妈妈叫我问你们大家好。"

"妈妈可好？"

"好。不过，年纪大了，衰老了。"

"算起来，她今年六十七了。"

"她是一九一○年的人呐。她常常说，她出生那年，还是宣统当皇帝，第二年就革命了。"

"我们大家都老了。"

"你才一点也不老,挺健康的。"

"已经不行了,整个人都是毛病。"

"你的精神不错嘛,走起路来,比我还清爽。"

"我们乡下人,走惯的。家辉好?"

"好。"

"家宝好?"

"好。"

"你嫂嫂、侄儿他们好?"

"都好。姨丈好?"

"还好。他有暑期班,工作去了,所以没能够现在一起来。"

"他没有来,没有来过,还没有来。"陈老太太放下电话听筒,扯上西窗的半边布帏,继续把果酱涂在一片面包上。

"是谁打电话来了?"美华嘴衔木夹,把衣物悬出晾衣绳,转身洗擦坐厕、脸盆、瓷壁、地砖。

"是你大嫂,问你大哥来了没有。"陈老太太手端一杯温开水,服下三类形状颜色相异的药片;给闹钟上发条。

"大哥不是说过,今天下班也许不能立刻赶来,公司有点事。"美华撑起熨板,把挺直的衣裙挂在柜前,抽掉一条渔线,引针缝纽扣。

"我倒忘了。那么，我们等不等他？"陈老太太把一块湿肥皂反置，将牙膏筒的尾节上旋两转。

"我看，不用等了，迟了医务所要休息的，我们可以自己叫车去。"美华应门，把一堆过期消闲杂志塞进双耳胶袋提出门外。"是阿宝回来了。"

"好热，好热。早知这么热，我就去游泳了。"家宝拉上铁闸，打开冰箱，取出一罐汽水，拔盖，站在风扇前面灌。"老妈，你吩咐我做的事，全部办妥了。银行和邮政局都是人，排队也排了半天。"

"今天的汇率是多少？"陈老太太换过一件上衣，穿上密趾鞋，选一只玳瑁发夹把发尾束起来。

"三十元零六毛四。明姨那里寄一百，珍婶那里寄五十，九叔公那里寄五十。计算器一个，邮费是三元，和上次一样。"家宝牵过手提收音机，关上浴室的门。"差点又和邮局的人吵架，下次又要转一间邮局了。"

"我要陪妈妈去看医生，待会儿如果大哥打电话来，就说我们不等他了，迟了会塞车。"美华手握匙串，点数钱币，检视诊症卡。

"要是你大哥来，告诉他锅子里有萝卜水，无论如何叫他喝一碗，你也要喝一碗。"陈老太太塞一瓶白花油进钱包，臂腕上搭一件毛线背心，在手绢儿角落蘸上一团花露水。

"喂喂，我这里的口袋有一封信呀，是昨天收的，忘了拿出来。"杏仁洗发精的气味和一只拿着信封一角的手一起从门缝冒出来。"记得把邮票留给我啊,两个新邮票我都没有。"

"是不是我的信?"陈老太太拧熄石油气炉,用脚拨正厨房门口的地席。

"郑州,金水路。是明姨来的信。"美华按电梯,在大厦询问处缴管理费,匆匆瞥阅互助委员会的清洁通告。

"去买菜回来了吧。我呀,我是去看医生。"陈老太太和小店铺的老板娘擦肩而过,闪避一只癞皮狗,将一把裂了一片纸花小格的檀香扇子散张额前。

"明姨说,上个月寄去的生活费早收到了,谢谢你,因为工作忙,所以没有立刻回信。"美华扶母亲上出租车,扫拨座椅上一团皱纸巾,撕下信封的右上角,仔细收藏。

"大家姊妹,还谢什么,这些年来,他们生活也很艰苦呀,我总不忍心他们一家人没饭吃。"陈老太太打喷嚏,把背心围披在肩背。

"明姨说,姨丈想要一个录音机,学英文,最普通的那一种,一个扬声器就可以了,不知道能不能寄。"美华按擦手臂,翻拉衣领,摇露一线玻璃窗缝。

"录音机,邮政局才不受理,只能自己带。我带过一只回乡下,要打一百元税呀。"的士司机按喇叭,里程表跟着响。冷空气缓和下来,喇叭又响,里程表嗒嗒发声。

"阿杰要录音机?"的士驶下斜坡,突然一沉,陈老太太张大嘴巴,手按心脏。

"手表，电视，我都带回去过啦，最近乡下有信来，说要造房子。"的士司机拨驾驶盘，车子飞上天桥，仿佛要驶进远处的云层。

"明姨说，他们最近换了宿舍，比以前宽阔一点，欢迎你去住住。"美华抹眼镜，和母亲步入白屋，挂号，坐在离冷气机最远的板凳末端。

"阿明叫我去住？她可不比住在沙田、屯门呐。郑州那么远，又是车又是船，我能去就好了。别说山高水远的去处，就说我们楼下对面那个小公园，我走不了半条街就头晕了。"陈老太太站在磅重机上，看见一幅胖婴孩奶粉广告，一段医务所加价启事。

"到公园去走走，呼吸一下新鲜空气，对身体有益的，陈老太。"护士微笑，放下毛织物，替一名小孩探热，用药棉裹抹温度计，洗手，记录。

"我呀，一见到人多就会眼花，又不习惯坐长途车。你看我今天好像个没事人，其实，我十天里有八天要瘫在床上。天气好，人就好些，天气变，人可不对了，腿又软，骨又酸，眼皮重；还有，平时听见火警车，心就跳起来，这种病也不知道能不能好。"陈老太太瞪着面前的一块"术齐华扁"的镜匾，里面反映着另一面"医术湛深"的镜匾，里面反映着另一面"杏林圣手"的镜匾，里面反映着另一面"妙药回春"的镜匾，里面反映着陈老太太满头的斑发。

"明姨说，姊妹分别了这么久，很是想念。"美华移正衣带的蝴蝶结,变换坐姿,打呵欠,辨声,站立。

"陈老太太,你的血压还算正常,药丸可以照旧继续服用。晚上睡觉的那只,如果失眠不严重,最好减为半粒。常常感到疲倦?最好做些简单的运动,不要常常躺在床上。"医生收折仪器的管带,提笔圈写,接电话,徘徊推移一个镇纸。

"林医生,我想问一问,我这般的身子,可不可以出远门?"陈老太太卷放衣袖,倚着板门。

"出门远行?这一点,可以是可以的,不过,最好有一个人陪伴,沿途也有个照应,是不是?陈老太太,是去探亲吗?"医生将病历卡递交护士,摊手示意新进入的病者坐下。

"我都近七十的人了,还能够坐几天几夜的火车吗?还有,领什么回港证、回乡证又要自己去排队等。人家说,到了深圳,查行李也要几个钟头,还有火车站那里,半夜三点就睡在街上。再说,坐飞机,我一世人最怕的就是坐飞机,这一切岂不都要了我这条老命。"陈老太太坐直身体深呼吸,搽白花油,闭目养神。

"明姨说,大姊年纪大了,长途跋涉大概不方便,她说,或者由她申请到香港来看你。"美华把药水瓶、小药包转交左手,挥手截车,整理后跟的鞋带。

"阿明说申请来看我?信上还说些什么?是她自己来,还是一家人来?什么时候来?今年,明年,下半年?工作上走得开吗?"陈老太太拉平大半扇窗,紧扶身旁的铁栏,身体仍摆摆荡荡。

"信上只说，试试看申请，要批准了才能来。"美华避让隔邻靠过来的一个睡熟的头，挥手驱散飘过来的烟灰。

"如果他们来，住在哪儿呢？我们家的地方这么小，就算睡地板也挤不下。"陈老太太摇扇，抹汗，躲避阳光。

"只要住的问题解决了，其他的就容易办了。"美华望着窗外猛烈的斜阳、狭窄的街道、浓密的楼宇、熙攘的人群。

"你大哥那里的地方要比我们宽敞得多了，不过，你大嫂的性子，不要说让阿明他们一家从没见过的人去住，连我这做家姑[1]的也嫌讨厌哪，那次你去旅行，我不过去住了几天，就听见她每天无缘无故骂孩子。"陈老太太慌慌忙忙让美华搀着走过斑马线，停在路边看了一眼一盆海棠，正想买份晚报，忽然满街的玉米、冻椰汁、炸豆腐都浮动起来。

"明姨说，姨丈问候我们各人。"美华指指烧腊店的一只油鸡翅膀，一串烧排骨、香肠，接过纸袋。

"那次你见到明姨时，她身体也还健康，眼睛不好吗？"陈老太太沿着翻开土的行人道走，一脚高一脚低，手按耳朵，皱着眉心。

"有一只眼睛看东西不很清楚。"美华挥挥落在发上肩上的水滴，抬头看见一个摆荡的招牌。

"你见到她时，她非常高兴的吧。"陈老太太再朝电梯内移进，

---

[1] 旧时粤语中常称丈夫的母亲为"家姑"。

四周挤满了一百斤的大米袋、四加仑[1]的火水罐。

"她说，看见我好像看见你一般。她说，你是愈长愈像你妈妈了。"

"你是愈长愈像你妈妈了。

"她每天做些什么？"

"常常头痛、眼花、四肢酸软。

"人还是瘦，只有八十多磅。"

"已经胖一点了。"

"看看电视，长篇剧。

"听听收音机，听医学常识之类。

"整天躲在屋子里。

"没有到外面去。

"不肯去。

"百货公司有冷气。怕冷气。

"茶楼的点心有猪油。怕猪油。

"郊外路途远。怕远。

"马路上有太阳晒。怕太阳。

"到朋友家去要见人。怕人。

---

[1] 加仑：一种容积单位。1加仑约等于 4.546 升。

"西瓜,不敢吃,太寒凉了。

"饭盒的饭咽不下,太硬了。

"没有打牌,很少。

"看报纸,也很少。

"不看戏。

"越剧,不大有。

"京剧,也不大有。

"每个月去看一次医生,检查血压。

"牙齿不好。

"耳朵会呜呜叫。

"有时炖鲍鱼汤喝喝。

"冲葡萄糖喝喝。

"吃点饼干。"

"河南的红枣很著名,带一包回去。"

"没有自己缝衣服了。

"买现成的,小码。

"耳环,没戴很久了。

"声音还很响亮。

"芝麻绿豆的事就很紧张。

"一收到信就想立刻回。

"喜欢写信。

"每天叫人看信箱。"

"你妈妈喜欢檀香扇子。

"我们这里买不到,不比上海。

"这把还是我结婚时朋友送的。

"可惜有一格纸花破了。

"扇子可是一把好扇子。

"不知道什么时候才能见面啊。"

"也许,永远也没有再见面的一天了。"陈老太太推门踏步入室,换拖鞋,把手携的一切放在樟木箱上。

"什么没有再见面的一天?"家辉放下调羹。"是怎么一回事?"把碗搁在摊开的电视节目表上。"医生那里说了些什么话?"把电视的音量转弱。

"不关医生的事,是内地明姨来信,说想来看看妈妈。"美华拔下门匙,洗脸,用橡皮圈束马尾。

"你的那份测验卷,最后的一段我替你打完了。"家宝褪下头上的耳筒又套上,手打节拍,双眼盯着床尾衣橱侧日历里一辆鲜黄色的机器脚踏车。"这次,准保一个错字也没有。"

"明姨他们要来?"家辉松领带。"来探亲?"双肘搁椅背,摇动椅子。"能够来吗?"交叉指节,把手伸到脑后。

"本来,我想请大姊回来相聚,姊妹们好叙叙阔别之情,但又想大姊年、年纪（美华：年岁），年岁较大，又患高血压，出门也许不便，那么为了姊妹们相见，只有我来看望你们了。当然，我也考虎（美华：考虑），考虑到可能有许多不便，首先申请出来是不、勿（美华：不易），不易被批准的，为了姊妹情切，我现在也想提出申请试试看是否能批准。批准的时间也是说不定的，为了能和亲人相见，我敢提出申请已是尽自己的心、心、心、心忌。（美华：这个字我也不清楚，好像是"意"，又好像是"思"。）"

陈老太太亮光管，读信，贴块膏药在太阳穴上，把风扇转向墙。

"老妈，是明姨寄来的信吧。你回信给他们时就说，计算器今天已经寄出了。"家宝换唱片。"这一个是有百分率的。"抹唱针。爬上椅子，取下喇叭箱的软海绵。

"家宝，那种教人学英文的机大概要多少钱？能不能叫邮政局寄去？"陈老太太斟茶，用匙背敲瓶子，喝鸡精。

"什么教英文的机？是不是录音机？大约几百块钱吧，有的贵，有的便宜，种类很多。有的有一个喇叭，有的有七八个喇叭。"家宝揭开锅盖拿一片萝卜，喝冷开水，衔一个甜橄榄。"至于能不能寄，要去问一问才知道。"

"我那里的地方是宽些，不过，你们大嫂的脾气，你们是知道的。"家辉在水龙头底下洗碗。"把脚搁在茶几上就要埋怨不雅观。"把碗放进碗篓。"把茶杯搁在钢琴头又说破坏了她的室内设计。"看表。"明姨他们来探亲，原则上我们非常欢迎。"

"我还是回信叫他们不要来,告诉他们,这里的地方小,没有地方接待他们。唉,就算有地方,几个人一起来,也得花费不少呐。还得有人陪他们出去逛,你们都有工作,我的身体又不好。就算我能到处走,也不晓得方向。"陈老太太把信压在床褥下,把白花油、檀香扇子、钱包放回抽屉,自己给自己捶背。

"妈,何必这么急呢。信可以迟几天回,也不是一定没有办法。或者,可以安排他们住酒店,还有青年会什么的。如果是暑假、寒假来,我也放假,可以陪他们。家宝的工作是分班制,说不定可以调配时间。"美华把抽屉底的复写板抽出来,分别找到针笔、尺,校对蜡纸,画直线。

"妈年纪这么大了,又没有什么亲人在这里。"家辉摊开一本画报剪指甲。"姊妹们见见面也是好的,说不定,以后没有什么机会了。"洗扑克牌。"如今内地又开放,不比早几年,想见面也难。"排七星同花阵。

"我们兄妹大伙儿一起凑一点钱,招呼他们一次也是应该的。"美华套上打字机盖,扣锁;翻开一沓作业簿,没有批改又合上。

"我的车要喂老虎了。"家辉伸懒腰。"一切可以从长计议,横竖他们又不是立刻就能来。"把领带放进口袋,开门。"妈,我要回去了,还要去买饭盒。明姨的事,有什么新发展,可以给我电话。"

"大哥,我和你一起走。经过旺角放下我好了,我去看运动鞋。"家宝取苹果,在牛仔裤后袋擦两下后啃咬。"妈,我顺便替你去看录音机。"

"回不回来吃晚饭啊?"陈老太太淘米,摆桌子,浇两棵小盆栽,用油碟子盛姜葱。

"如果阿明他们来,可要煮一大锅饭了。

"能来吗?

"要是我的身体不是这样衰弱就好了。

"可以来的话,要不要办入境证?

"叫家宝去问一问。

"真的能来吗?

"容易吗?

"会批准吗?

"青年会有地方住?

"酒店一定很贵。

"他们会来住多久?

"一个礼拜,半个月?

"阿明的眼睛,可以去看看林医生。

"也许要看眼科。

"该带他们到哪里去逛?

"山顶?

"海洋公园?

"乘渡海轮,地下铁,隧道巴士。

"要不要去看电影?

"都是武打,大概不大好。

"还有什么裸体的,也不要去看。

"还是不要看电影。

"可以吃蛋糕。

"婷婷最好吃蛋糕,还有雪糕。

"各式各样的雪糕,随她选,胡桃呀,杏仁呀。

"我还没见过婷婷。

"比美华长得还要高呀。

"梳小辫子。

"买个洋娃娃给婷婷。

"婷婷不知道喜不喜欢运动鞋。

"还有,请他们吃馄饨面。

"郑州没有广东馄饨面。

"该从银行提多少存款出来?

"五百大概不够,不够就一千。

"两千也愿意。

"已经七十的人啦,钱留着又有什么用。

"阿明结婚时,我还没送过礼。

"那时候,消息都断了呀。

"阿杰倒不错,是个好青年。

"那时候,我叫阿明跟我来香港,她舍不得阿杰。

"现在才补送结婚礼物?

"送一个小小的金锁片。

"金子多少钱一两?

"太贵了。

"如果不送金锁片,送什么?

"檀香扇子?皮鞋?

"还是金锁片好。

"真的能来吗?

"会不会忽然不准探亲?

"很多人都来探亲了。

"大概会批准的。

"叫家辉开车到火车站去接。

"叫家宝去帮忙搬行李。

"叫美华要隔天买一只鸡。

"每天和阿明一起吃饭。

"早上吃面包,涂牛油、奶酪、果酱。

"吃粥也可以,及第粥。

"请他们上茶楼。

"带他们游新界。

"阿萍可不要小看我的亲戚,什么室内设计。

"阿杰的模样虽然像个乡巴佬，他可是清华大学的学生。

"让我明天就写封信去。

"要不要今天晚上写？

"吃完饭写。

"还是明天写。

"是的，明天写，就说：欢迎你们到香港来。"

一九八〇年九月

梦见水蛇的白发阿娥

白发阿娥梦见水蛇。

白发阿娥到厨房里去烧开水,看见窗子外面有四条水蛇,晃摆着圆鼓鼓的头,仿佛要游进屋子来。白发阿娥害怕了,屋子里又没有别的人,她连忙回到房间里去。在自己的房间窗子外面,她又看见同样的四条水蛇。白发阿娥惊惶不已,忽然就吓醒了。

白天,屋子里的确没有别的人。女儿上班去了,从早上八点半起,到下午五点半止,白发阿娥总是一个人留在家里,她一直忧忧戚戚地躺在床上,说这里不舒服,那里发痛。那时候,她整日无所事事,时间过得老慢,好不容易才盼到女儿回家。女儿一进门,她就跟着女儿团团转,仿佛她是一卷坏了的录音带。女儿洗米煮饭,她说,我今日头又痛。女儿打鸡蛋、浸香蘑菇,她说,我今天听见乌鸦叫。女儿摆桌子铺塑料台布,她说,电视上的长篇剧已经播放过许多次了。

那时候,白发阿娥的儿子和女儿一点办法也没有,因为老母亲并无嗜好,既不喜欢看书听音乐、种花养鱼,也不喜欢喝下午茶逛街。一个七十多岁的老人,就整天坐在家里。医生说得好,得让她做点事,如果没事做,老人家只会在家里呆坐,坐久了就呆睡,睡久了就赖床,不肯起来。然而,一个老人有什么可以做?白发阿娥的儿子和女儿考虑过许多活动,其中有些项目连他们自己想想也失笑了。譬如说弹钢琴、绣花、打毛线，这些事都是小女孩做的事呢。至于游泳、爬山、打球这些，又都是小伙子的玩意儿。

白发阿娥的女儿叫妈妈空闲的时候扫扫地，抹抹书橱的玻璃，换换枕头套。她生气了，哎哟，把我当作女佣了吗？我年纪大了，做不来。她的儿子说，养一只狗吧，狗可以陪伴老人家。但白发阿娥说狗会脱毛，满屋子狗毛怎么办，而且，得下街去遛狗，挺麻烦。想来想去，白发阿娥的孩子们仍然一点办法也没有。他们的母亲还是呆呆地坐在家里。我一定快要死了，她说。

是什么把白发阿娥从寂寞的深渊中救出来的呢？那可是她的孩子们做梦也想不到的事。原来是马。不知打从什么时候开始，白发阿娥关心起马匹来了，她看报纸上的赛马消息，听收音机里的赛马评述，注视电视上的赛马节目。她叫女儿到赛马会去给她投注十块钱，居然误打误撞地赢了一百多块。白发阿娥的生活从此改变。她现在变成一个勤奋的阅读者，每天要女儿给她买报纸。她一面看报纸，握着一个放大镜，一面听收音机，还要一面拿着笔，在白纸上做笔记，仿佛是孜孜不倦的学生。

白发阿娥忙极了，早上七点多，她已经坐在电视机前看晨操。女儿开门去上班，她头也没有回，眼睛紧盯荧光幕，嘴巴只在说话：记得给我买赛马晚报，我还要半打拍纸簿，一支尖嘴的原子笔，不要漏墨水的。女儿上班去了，她落得清静，看报纸呀，做笔记呀，打电话给儿子讲述研究的心得呀。如今整个星期七天，白发阿娥没有一天不忙：星期一她要看排位表；星期二，她要收集马评家的意见；星期三，她要视听现场的赛马情况；星期四，她要检讨自己研究的得失、听取他人的赛后评论。事实上，星期四这一天，不但有赛后评述，而且星期六现场的排位又出炉了，一切循环复始。

白发阿娥的名字叫作余阿娥。那时候，她的孩子们总是皱眉叹气，唉，我们这妈妈，白天吟哦，晚上吟哦，真是嫦娥。现在可好了，白发阿娥不再做白天鹅和黑天鹅了。星期日，儿子们回来看她，陪她喝茶、打牌。她摇摇头，你们玩，我有功课。大家担心她体力不好，太用神伤眼睛，但她一点事也没有。儿子们打电话说要回来了，她到厨房去烧一大壶开水，冲一热水瓶的茶，然后自顾自去做研究。儿子们回家来了，她只是跟他们说，早上下了点雨，明天准定跑烂地马，我可得仔细了。

白发阿娥是旧移民，三十多年前移居到这个地方来，那时候，她的头发一点儿也不白，如今白了一些，事实上，她的女儿的白头发比她还要多。白发阿娥在这里没有亲戚，她的姑姑、姨姨、舅舅都在她以前生活的地方，她的妹妹和妹妹的孩子们，也在她出生的那块土地上。她每个月寄钱给他们，负担他们的生活费和孩子们的学费。每一次，当她说"我一定快要死了"的时候，她的女儿就说，如果你死了，你的妹妹和她的孩子们怎么办呢，谁去给他们寄生活费，谁去帮助他们读大学？那时候，白发阿娥唯一的兴趣是写家书，唯一的希望是收信，信望爱都在遥遥的千里外，她远方的亲人仿佛是她的宗教。

忙得不得了的白发阿娥连亲人的信也懒得回了,她告诉女儿,你给我草几个字去,就说我忙。有时候,陌生人来按门铃,她打开门扉,漏一条缝,谁呀?外面的声音说,我们是教会的,来和你们讲讲道理。她说,我们拜菩萨。砰的一声关上门。的确,十多年前,白发阿娥在家里还安了"堂上历代祖先"和"五方五土龙神"的金漆牌位,三支香、三支香地朝夕顶礼膜拜,邻居的七姑给她在街角不知打了多少次小人;小人打了很多,可白发阿娥的头痛、腰痛一点儿也没有好。现在,白发阿娥家中一支香也没有,书橱顶上还有一尊圣母像。

白发阿娥读过几年小学,认识几个字,她说,我们那时候,女孩子很少读书。她出生的年代,还是皇帝统治江山的时代,过一阵子就辛亥革命了。她书读得不多,悄悄地还是考上了百货公司的售货员。因为我长得漂亮,她说,我是著名的黑牡丹。不过,她只上过一天工,她父亲知道之后,骂了她一顿,说她没出息,要她回家做千金小姐。她和表哥恋爱七年,结果,不知为何嫁了给另一个男人。她说,或者,这是缘分;或者,这是劫数。

厨房里的水蛇是什么意思?水蛇一定和水有关。白发阿娥记得,是昨天吧,她把水锅放在火上就去做赛马笔记了,直到一阵焦味传出来她才记起了水锅,幸好没有酿成火灾。锅子烧焦了,她花了好大的劲才把锅子洗干净,一直嘟嘟哝哝,说把她研究马匹的时间都给剥夺了。无论怎样洗,那个焦了的锅子还是给女儿认出来了。她说,妈,你得小心呀。老母亲却顾左右而言他,说,怎么电视上的广告我不明白。

——你把整幅地卖给我吧。
——得把五千头牛一块儿买才行。
——好,一言为定。
——你怎样养牛呢?这里常年没有雨水。
——地底下有石油的,你不知道吗?

白发阿娥问女儿,牛吃石油么?

别以为白发阿娥什么事都不懂,牛吃不吃石油,只是她对科技外行罢了。其实,她也是个小小的足不出户能知天下事的秀才。

电视上什么节目她不看呀,她看过《城市论坛》,对孩子们说,把父母送到养老院去不好。她看过《妇女新知》,说,我要用玉米油。女儿买菠菜回来的时候,她说,菠菜好,菠菜有纤维。暑期里的一天,儿子女儿都一齐在家,白发阿娥郑重其事地宣布:今年,你们不要给我祝寿,电视上的相命先生说,属狗的人今年不宜做生日。

梦见水蛇之后的两个星期里,白发阿娥一共中了三次马,居然都是三重彩,得的彩金有六千多元。她快乐地对女儿说,啊,我记起来了，我梦见四条水蛇，水蛇都是好蛇，水，就是钱，所以，我中了马。白发阿娥一连中了三次马，梦中的水蛇一共有四条，她认为她还有一场马可以赢，更加努力研究马匹和骑师的状态了。

除了赢马，还有一件事使白发阿娥感到安慰。星期三那天下午，她的儿子请了假，带她去换身份证。一个年纪也很大的妇人对她说，老太太，你真幸福呀，看，你的儿子多孝顺，带你来换身份证。白发阿娥看看四周的老人，的确，并不是所有的人都是儿子陪伴着一起来的。她在照相机前也爽朗起来了，她对着照相机微笑；她在按指模的时候，手指也灵活地转动了。她像新身份证一般新起来了。

七十六岁的白发阿娥，白发并没有再增多，她把许多不如意的事都忘了，譬如说，孩子们把她一个人扔在家里呀，媳妇不欢迎她去住呀，一天到晚老是发闷呀，自己一定是快要死了呀。一切都抛到脑后去了。只要手握放大镜，给她一沓报纸、半打拍纸簿、尖嘴的原子笔，她就可以消磨一日二十四小时；当然，她还得牺牲宝贵的时间，才可以抽空看看电视上别的节目。这天，女儿下班回来，买了荷兰豆和虾子，白发阿娥说，真巧，电视上今天的菜式就是介绍荷兰豆炒虾仁。然后，她接过女儿手中的晚报，再也不跟着女儿，看她洗菜煮饭打鸡蛋。吃饭的时候，她还舍不得她的报纸，但不得不暂时放下。如今，她每天都有新话题，譬如这天，她说，原来我是天蝎座。

玫瑰阿娥

"万福玛利亚。"罗姑娘念起《圣母经》的第一句。

"……玛利亚。"白发阿娥只念了半句。

"万福……"罗姑娘耐心地把经文分开来。

"万福……"白发阿娥跟着念。

"万福玛利亚。"罗姑娘再把经文合起来。

"万福玛利亚。"白发阿娥跟上了。

"满被圣宠者。"这是《圣母经》的第二句。

"……圣……者。"仍然念出了两个字。

"圣宠者。"

"圣宠者。"

"满被……圣宠者。"

"满被……圣……宠者。"

"主与尔……"《圣母经》开始了第三句。

"罗姑娘……"白发阿娥一脸愁苦的样子。

"嗯,伯母?"

"我我我,这么深的经文,我记不住,我背不出来。还有,我的耳朵不大好。"白发阿娥诉苦。

"伯母,不用担心,用不着背的。我只是讲给你听,念给你听。你能够记多少就多少,不用背的。"罗姑娘耐心地解释。

于是，白发阿娥眉间丘陵起伏的川谷平伏了。罗姑娘是一位温柔仁慈的姑娘，这一阵，每个星期三，下了班就来给白发阿娥讲《圣经》的道理。这个时候，家里只有白发阿娥一个人，她的女儿还没有下班回来。能够有人在屋子里陪着，白发阿娥觉得没那么寂寞了。中午时候，她睡一阵子午觉，看一会儿电视，就等罗姑娘来。她第一次见到这位和蔼朴素的女孩子就称她作罗姑娘，而不是罗小姐。她记得，那时候她病了，遭女儿硬逼进医院。那里的护士，人人都称她们作姑娘。罗姑娘仿佛心肠良善的护士。

请罗姑娘到家里来给白发阿娥讲道理，是三姑娘的建议。三姑娘是白发阿娥的小姑子，在姊妹行中排第三，如今也老了，可仍是虔诚的天主教徒。白发阿娥在家里无所事事、整天赖在床上的那段日子，她就上白发阿娥家来了。她说，嫂子，你一个人在家，这么闷，终归不好，不如到我们的圣堂来听听道理吧。白发阿娥才不要听什么道理，她宁愿一个人待在家里。

三姑娘来了许多次，白发阿娥的大儿子也把这件事提了又提。白发阿娥只看见一个姑母和一个侄儿悄悄地站在露台上说话，讨论起什么大事情来。她的耳朵不好，听不清楚他们的声音，不过，她注意力集中，有一些字句，还是听到了，并且渐渐明白了他们的意思。是的，白发阿娥知道了，他们关心的是她的身后事。这些年来，小小的城市早已闹起人满之患，活着的人和逝去的人都在找寻栖息的地方。

白发阿娥赖在床上不肯起来的时候，总是这么说，我一定快要死了。当然，那只是说说而已，真正想起这件庄严肃穆的大事，她就非常害怕。

愈想愈愁。她觉得她该叫女儿去为她买一件端庄华丽的绣花织锦丝棉袄，至于这件衣服，她要妥当地藏在樟木箱子的底层，平日不能穿，得留到那个时候。那个时候，她一想起，突然又发现自己孤苦可怜。所以，那次，儿子女儿都回家来陪她打牌的时候，她忽然停了手，幽幽地说，将来，你们千万不要把我烧掉。也许，是因为这一番话，她觉得屋子里的人常常悄悄地在讨论些什么了。

果然，三姑娘正正式式地来和她说话了，嫂子，我们都是几十岁的人啰，迟早总得回去，现在不如往日，找一块地皮可难了。话说到这里停了，四只流泪的眼睛相对，两只两只地瞧了好一阵。于是又继续下去：如今，所有的人都是火化的，一个小盒子放在壁龛里，省地方。不然的话，老远老远的天边，睡在那荒僻的野地，亲人也不容易来看你。不如信了教，可以和大哥在一起。

白发阿娥不想让火烧掉，又不愿意睡在天涯海角的地方，没奈何就点了头。可是她说，我这种身体，走几步路就头晕，怎能上圣堂去呢？我是不行的了。结果，一切就由三姑娘决定下来，由她介绍圣堂里一位圣母军的罗小姐到家里来讲道理。这文静可爱的女孩子是三姑娘媳妇的学生，刚中学毕业出来做事。

白发阿娥极喜欢罗姑娘，女孩子人又温婉，对老人家又有耐心。白发阿娥把自家的心事全往她身上倾注，心里懊懊丧丧的，不知道大儿子为什么不娶像罗姑娘这样的女孩子做妻子。白发阿娥的大媳妇，是个仿佛家财万贯、眼睛长在额头上的女人。

罗姑娘真好，她是来给白发阿娥讲道理的，可是，她从来不逼白发阿娥背书。起初，白发阿娥还以为来的会是凶巴巴的学校教书先生。每次罗姑娘来，就问，伯母，这几天身体好不好？有没有起来走走？你要多吃点东西才好呀，身体健康，头就不会痛了。是吗？你的妹妹写信来了，一家都平安，生活也没以前那么苦。两个人就在那里闲话家常，白发阿娥喜欢极了，有人关心她，陪伴她，听她诉心事。

当然，《圣经》的道理还是要讲的。于是，罗姑娘就给白发阿娥讲耶稣的故事。圣母就是玛利亚，她是耶稣的母亲，是圣洁笃信天主的少女，许配给一名木匠，名叫约瑟。天主选中她，于是她怀了孕生下耶稣。玛利亚是童贞女，她和约瑟还没有成婚，是由圣灵感孕生子的。

耶稣的故事，白发阿娥知道。每年圣诞节，大家不是寄圣诞卡来给她么，所以，她觉得听道理也不闷，不过是讲故事，道理很浅，她都能明白。可是，罗姑娘念《圣母经》的时候，她又害怕了，经文这么深，怎么跟得上，怎么记得住。幸而罗姑娘说不用背，既然不用背，白发阿娥又放下心来。但她还是觉得，《圣经》的道理挺奇怪，一时很浅，一时又很深，有的经句更加令她莫名其妙。譬如，罗姑娘念《圣母经》时居然说，煮鱼要加盐。这也是经句吗？圣母教人们煮菜吗？圣母是一位很会烹饪的家庭主妇？

罗姑娘每次到白发阿娥家来要逗留一个多小时，白发阿娥真舍不得她离开。不过，罗姑娘总是说，我晚上还要上夜学，下个星期再来。临走时，细细叮咛，伯母，你要常常起床走走路呵，做一点儿体操呵，喝牛奶呵。白发阿娥都答应了，好的好的，我做我做。除了医生，最教白发阿娥听从意见的人，就数罗姑娘了。

罗姑娘留下两件东西给白发阿娥，一件是串念珠，她教她数着珠子念经。不不不，罗姑娘连忙加上一句，不会念也不要紧，先留下，有了念珠，天主会保佑你的。另外的一件东西却是一本书，薄薄的，七彩的封面上画着一个长了许多胡子的外国人，在荒地上站着播种子。书的封面上有四个字：简言要理。把书交给白发阿娥的时候，罗姑娘问道，伯母，你认识字吗？

白发阿娥认识字，不过不多。她小时候读过书，那是一间小学，她的表哥呀，妹妹呀，都一起上那间学校。还是新式的学校呀，她说，有数学教的。表哥不和她们一班，她和妹妹一班。我的妹妹笨死了，她说，先生教的书，她总是不懂，上课又不听讲，回到家里读不来就哭。爸爸妈妈要我教她，笨得猪一样，教来教去教不会。后来？后来，白发阿娥说，就没有读了。我爸爸说，女孩儿家，读什么书，别将来变了祝英台。于是，待在家里做千金小姐。

白发阿娥的女儿下班回家来，罗姑娘已经教完这天的道理离去了。女儿问母亲，今天的道理懂不懂呀？白发阿娥就把刚才上课的情形非常详尽地描述一遍，跟着女儿，站在厨房里。女儿洗米，母亲说，我会画十字圣号。一面说一面示范，因父，及子，及圣神之名，亚孟。女儿蒸下鱼，母亲说，我现在明白了，原来不是煮鱼要加盐，是主与尔偕焉。

吃过晚饭，白发阿娥拿出《简言要理》出来看，已经教过的句子上，都有铅笔做的一个个调羹模样的符号，她就大声朗读起来，又对女儿说，将来神父要问的，罗姑娘叫我记住。没有教的那些经文，她也翻来看了，拿着书本问女儿，"般雀比辣多"是什么意思？"瘝"字该怎么读？忽然又忧心忡忡，唉，这么深，这么深，我怎么学得会呀。女儿只得安慰她，罗姑娘不是说不用背么，深的她会教你的，直到你都懂了为止，而且，她不是说过，一切都不必担心，全交给天主好了。

如此，白发阿娥晚上睡觉的时候的确睡得安宁了，没有半夜醒来，想心事想到天亮。她觉得罗姑娘真好，无论什么她都可以对这女孩子说。譬如，白发阿娥担心小儿子申请公屋的事，不知道抽签能不能抽中。如果抽不中，他就不可以结婚了；但抽中了，可以结婚了，却因此要离开她。罗姑娘就说了，伯母，你一点也不用担心的呀，把一切全交给天主好了，天主会给你安排的。那么，白发阿娥又问，罗姑娘，我有一个妹妹，她有一个女儿，这个女儿又有一个儿子，今年要考大学了。考大学挺难呀，不知考不考得上。罗姑娘仍然笑着安慰道，伯母，不要担心，天主都会安排的。白发阿娥不知道天主是不是真的会安排，但她相信罗姑娘不会欺骗她，于是安心地睡了。

令白发阿娥又惊又怕的日子终于来临，星期日的早晨，天主堂的神父会特地来为她洗礼。早一天晚上，她已经把经文从头读了一遍，一夜竟没有睡熟，大清早就起了床，头脑有点昏昏然。她穿上一件蓝底碎白花的衬衫，罩一件海军蓝羊毛外套。平日她在家里总穿拖鞋，这天换上了皮鞋，问了女儿几次，穿这件衣服好不好，鞋子呢？然后忙碌地去烧开水、冲茶。

女儿上菜市场回来，带了一束白色的百合，插在一只墨绿色玻璃瓶子里，桌上换过一幅绣五彩十字花的桌布，瓶花就放在桌子正中。这是一个大日子呢，仿佛竟是白发阿娥的生日。该来的人都来了，儿子呀，媳妇呀，出嫁了的女儿呀，还有，连亲家母也来了。

亲家母夫妻俩是去年入的天主教，她和女儿一起进门来，脚一踏进门槛就大声祝贺说恭喜恭喜。白发阿娥恍恍惚惚，还以为是过年了。忙乱中接过一份礼物，拆开来看，是黑漆漆的十字架。媳妇也交上一件，却是一尊白瓷圣母像，不知为何，取出来时发现塑像的手腕处不见了一只手掌，在纸盒的皱纸堆中淘金般寻了出来，连忙用万能胶粘上。

圣母像与十字架都和百合花聚成一幅构图美丽的图画时，神父也到了，由三姑娘陪同抵达。白发阿娥只见一个穿黑衣服的高鼻子、蓝眼睛、卷头发外国人,携着重甸甸乌沉沉的手提公文包。白发阿娥不记得当时乱糟糟的情形,只知道一伙人互相打着招呼,端茶,然后肃静地看着神父,看他打开手提包,取出书本、小瓶子的水、蜡烛、打火机。打火机把蜡烛点燃了,细微的火光映照着小小的它所能环抱的空间。

每个人都站着,听神父读经。白发阿娥站在神父面前,不知道该把两只手放在哪里好。她先把手放在羊毛外套的口袋里,后来又拿出来,垂在身边;一会儿,不自觉地给羊毛外套扣上所有的纽扣,扣好了以后不明所以然地又一一解开。神父虽然是外国人,倒会说中国话,讲得很慢,但那口音很奇怪,白发阿娥觉得有时听得懂,有时又听不懂。幸亏神父问她问题时,她都听懂了。起初,还不知道是对她一个人说话,站在身边的三姑娘碰碰她的手臂说,神父问你呢,答神父的话吧。她就答了。

"谁是耶稣的母亲?"

"玛利亚。"

"谁是玛利亚的丈夫?"

玛利亚的丈夫?白发阿娥呆了呆,不知道该如何答。她想,丈夫就是拜了堂成了亲的男人,玛利亚是童贞女,还没有和约瑟成亲,算不算丈夫?所以她只好说,玛利亚的未婚夫叫约瑟。

神父问过了问题,再开始念读《圣经》的章节,读得一字一停顿,读了很久。白发阿娥觉得这本书很深,她一点也不懂。也不知道过了多少时候,三姑娘又碰碰她的手臂,念经吧,跟着神父念经。于是白发阿娥跟着神父念,神父念一句,她跟一句。

"你是无所不在的天主。"

"你是……无所……不在的……天主。"

"天主无始无终。"

"天主……无始无终。"

"天主无所不在。"

"天主……无所不在。"

"天主有全能。"

"……有全能。"

"天主我信你。"

"……我信你。"

"天主我爱你。"

"……我爱你。"

白发阿娥吓了一跳。四周一片深渊似的寂静,她看见小儿子用手掩住了鼻子和嘴巴,小女儿别过脸去。是她,她说了一生中从没说过的三个字,在这么多的人面前,而且是对一个陌生的异乡人。她的脸突然一阵火烫,心里发狂地喊叫起来:不要烧我,不要把我烧掉啊。在那滚烫的脸上,她忽然又感到了冰凉,神父在她的额上点了一点水。

大家一起垂下头来念经了,原来是念《圣母经》。万福玛利亚,满被圣宠者，主与尔偕焉。白发阿娥也会念，于是也跟着念起来。她听见身边三姑娘的念经声，背后亲家母的念经声，又响亮又烂熟，而且念得极快，她跟不上，声音愈念愈低。接着，大伙儿念起别的经文来，她不会，就站着，双手又不自觉地捉对儿结扣羊毛外套的扣子。

"你的教母叫什么名字？"神父问白发阿娥。教母叫什么名字？白发阿娥一惊，谁是教母？啊，是三姑娘哩。白发阿娥想了一阵才记起来，三姑娘的名字叫慧明。不过，她还没来得及把名字说出来，三姑娘自己已经答了话。

"神父，我的圣名是罗莎。"

"也叫罗莎吧。"神父对白发阿娥说，一面在一张纸上写起字来。正是这张纸，一个星期之后，从天主堂辗转地来到了白发阿娥的家中，蓝色的纸，上面满满的英文字，夹着疏疏落落的几个中文字。白发阿娥认得那几个中文字，因为其中有她自己的名字，有三姑娘的名字，还有她的爸爸妈妈的名字。白发阿娥知道，这张纸非常重要，因为这是一张通行证，有了它，她将来就不用被火烧掉了；有了它，她将来可以安安逸逸地睡觉了。

神父离去之后，大家又恭喜了白发阿娥一番，然后欢天喜地地告辞。白发阿娥的女儿觉得这些走出家门的人仿佛肩上都骤然卸下了一块块石头。白发阿娥问女儿，为什么给我取个名字叫罗刹呀，多可怕。女儿说，是罗莎，意思是玫瑰，挺好看的花哩。罗姑娘不是也姓罗吗？既然是玫瑰花，罗姑娘又姓罗，白发阿娥又安心了，但她总觉得遗憾，因为罗姑娘从此不上她家来了，她是那么地喜欢她。罗姑娘的声音、笑貌、温婉的神态，在白发阿娥的心中凝聚成别人无法探知的永恒雕像，仿佛她才是她信仰的宗教。

一九九一年

九纹龙

老是传来一股油漆的气味。

白发阿娥忍不住了，跑到走廊上去查探。对面住户门口的花砖格子地上铺了四四方方一框子日光。这户人家的铁闸移侧一旁，木门敞直了。白发阿娥伸脖子进去张望，看见一个老年男人在修理窗子。

"原来是九叔。"白发阿娥认识他。唤了一声，可又不敢太肯定，因为她的眼睛不大好，视力衰退多了。"是不是九叔？"

"是呀，是我呀。"九叔站在窗前，一手握住一把小铲子，另一手托住一包桐油灰。"很久没见了，老太太这一阵身体好吗？"

"还不是老样子，一时好一时坏。"白发阿娥踏进屋内，走到窗子前面看九叔涂桐油灰。"你倒挺精神，又能干，房子的木工、水泥、油漆，全自己动手来做。"

"都是眼见的粗功夫。"九叔放下小铲子和桐油灰，打开用旧报纸包着的一摞玻璃。"平常又喜欢弄弄钉子锤子，所以就自己修理修理。"

"房子租出去了吧？"

"下个礼拜搬进来。"

"你这业主真好。租房子给别人，髹得新的一样，好漂亮的一层楼。"

"没办法,自己的物业,不好好保养不行。这幢房子旧是旧些,可材料十足,起码还可以挨个一百几十年。"

牢靠的房子,使白发阿娥感到安慰。如今她住的小小一层楼,也是自置的物业。墙壁厚、栋梁直、天花高、地台结实。黄梅时节,房子的四壁和地板不发霉,不潮湿;下大雨的时候,窗缝不渗水。这些可是看房子的时候不能预测的。来看房子的时候,白发阿娥只能注意厕所有没有水,窗口上面有没有檐眉。牢靠的房子,白发阿娥很满意,仿佛这牢靠的不只是房子,还包括她自己的身体。

上星期刮了一场大风,半夜里对面的一层楼哗啦啦,轰隆隆,好像整座房子倒塌了,也不知发生了什么事。第二天一看,原来楼房外层的纸皮石墙一幅一幅剥落了,排山倒海似的掉到楼下去。八号风球,白发阿娥家的房子一动不动,只裂了一块窗玻璃。九叔的一层楼朝东,下午不西晒,可天气变坏的时候吃风。白发阿娥仔细数数,九叔这边共有四块裂玻璃。

桐油灰都涂好了,窗框子早已油漆一新。九叔手托一片玻璃,伸出窗外,朝窗框子向内侧一按,桐油灰就把玻璃咬住了。白发阿娥年轻的时候,房子也是自己髹乳胶漆,窗框子上磁漆,不过,换玻璃这回事,她一直做不来。玻璃托不稳,掉下街准伤人,她不敢。

"九叔还能换玻璃。"白发阿娥十分佩服。"能够自己换玻璃多好。"

"其实并不难,你看,不是装好了?"九叔在窗框的四周补上一圈桐油灰。"用桐油灰封紧了就行。三五块玻璃,也没有师傅肯来做。"

"就是啊。我们厨房裂了一块玻璃,去找前面街的师傅,说是工程小,没有空。如今只得用胶布贴着,整天就像看见受伤的人一直没有起色,煮起饭来也不舒服。"

"我这里刚好有一块后备玻璃,过去替你换一换吧。横竖这幢房子的窗子都一个尺寸。"

屋子里忽然烟雾弥漫。白发阿娥以为睡一阵子午觉,竟又把烧开水的事忘了,连忙跑到厨房去看看,却发现根本没有扭开火炉。她检查了洗衣机、热水炉、冰箱、电视、鱼缸,发现没有任何不妥。但屋子里都是烟。记得上次楼下的一间鞋店火灾,烧的都是塑料的运动鞋,浓烟一直冒上十楼,右邻林太太一家大小狼狈地从后楼梯朝天台方向逃生。那时候,走廊、楼梯上都是烟,林家逃到十一楼时已经昏倒了几个人。白发阿娥和女儿没有走,因为大门已经不能打开,黑烟笼罩了一切。她们一人手拿一条湿毛巾,按住自己的鼻子,又提着大浴巾堵塞门缝,阻止烟雾进屋子,还得抽出手来打电话求救。

女儿如今不在家,白发阿娥一个人感到特别惶恐。她匆匆打开全部窗子,扭动电风扇,呼呼呼猛吹一阵。空气好像清爽了些。不过，一会儿，烟雾又浓了。白发阿娥发现烟从大门口的缝隙飘进来。她采用老办法，先到浴室去，把自己的脸巾浸在水里，扭干后按在鼻子上，然后打开屋子的大门。迎面一片火光，仿佛失火的样子。她定一定神，才看见眼前是一对熊熊燃烧的蜡烛，火焰又高又长，简直像两支火炬。显然，对门的住户搬进来了。怎么无声无息的呢？也许是白发阿娥毕竟年纪大了，耳朵不再灵敏，别人搬家具的声音她竟没有听见。不过，白发阿娥的眼睛似乎比耳朵要好些，她在火光中看见对户的门侧墙上贴了一横一直两张红纸，横的上面冒些金印纹，直的那张有熨金的"天官赐福"四个字。"天"字上面是一条结了彩球镶了铜镜的绸带，左右簪上状元帽子上那种金花。"福"字前面钉了个小香炉，正中栽了一把香，两旁是冒出很多烟的蜡烛。

透过铁闸的空隙，白发阿娥看见地面上也有火光，仍是一对蜡烛和一把香插在小香炉上。这次贴的红纸上面写的是"门口土地财神"。一只鸡、一刀烧肉和"品"字的水果，摆在香炉前面，还有三杯酒。白发阿娥叹了一口气，把门推上。这层楼共有十户人家，其中六家信佛，每逢初一十五、清明重阳、王母娘娘或观音大士的宝诞，走廊上全是烟。黑麻麻的废火水罐一直搁在大门外，烧起金银纸箔时，纸灰飞得下雪一般。如今又多了一家烧香拜佛的，偏偏把香炉神位摆在白发阿娥家的门口，一开门就是别人的祭坛。以前走廊上的烟只在走廊上飘飘荡荡，现在都攻进屋子里来了。

"你看见了吗?"白发阿娥对下班回来的女儿说。

"只要打开门,迎面就是天官赐福。你一定会常常中马了。"女儿把登赛马消息的报纸交给母亲。

白发阿娥一夜没睡。对门的住户打牌打到天亮,室内的喧哗、叫嚣,清清楚楚地传过来,仿佛牌桌子就在白发阿娥的床边。九叔告诉过白发阿娥,来租房子的是两名文雅高贵的女子,穿西装洋裙,还穿高跟鞋。但白发阿娥从来没听见女子的声音,打牌吵闹的明明是一群男人,而且说的有一半是粗言污语。白发阿娥看看床边的夜光钟,四点半。她翻了个身,听见女儿的床也咯咯地响了两下。

"你也醒着么?"白发阿娥问。

"嗯,"女儿说,"睡不着。"

"整夜打牌,吵死了。"

"幸好明天是星期日,不用上班。"

"深更半夜的,也不为别人着想。要不要打电话到楼下管理处去投诉?"

"也许是新搬家,又是周末,热闹一下,算了吧。"

白发阿娥不知道对面这次搬来的是什么人,她没有见过新来的住客。以前搬进来的人,她都见过,最初是九叔自己住,后来才租给别人,可都是朴朴素素的住家人。上次搬来一名可怜的女子,坐在轮椅上，由一个年轻人推着椅子，看相貌是两姊弟。好几次她独自出来，坐在轮椅上按不到电梯的按钮，白发阿娥还帮过她。白发阿娥的女儿下班时曾见到她，在街角上摆了个卖衣服的摊子。衣服挂在圆铁架上，才五块钱一件，大概是些大公司整批贱售的过时货。那么便宜的衣服，一个月能赚多少钱？警察来巡逻，她居然也得和其他的小贩一般逃避。生活如此艰难。九叔告诉过白发阿娥，房子要租二千元，已经是很低的价钱。后来，坐轮椅的女子搬走了，新搬来的不知是些什么人。

"不知道住的是什么人。"白发阿娥又翻一个身。

"不像一般的住家。是不是？"

"你也看出来了。"

"香炉底下压着一叠纸钱。"

"团团砌成碟子的模样。"

"倒很好看的。"

"像干邪门的营生。"

"也许和你一样，不过想中六环彩[1]。"

"可能是做赌博的。"

"喜欢赌钱吧。"

"会不会是走私贩毒？"

---

1 六环彩，香港马术博彩术语，指赛马的一种形式。

"谁知道呢。"

"杀人放火?"

白发阿娥愈想愈怕。以前,这层楼的住家都好,右邻是林太太一家,两夫妇和一子一女,正当商人;左邻是华兴妈妈的家,丈夫是海员,难得回来一次,家里只有母子二人;十号住一对新婚夫妇,圣诞节的时候,铁闸上绕一串节日的灯饰,一闪一闪的彩灯不知道有多好看。这几家人都搬走了,搬进来的人愈来愈复杂。

"我们怎么办?"白发阿娥问。

"你一个人在家的时候,把门关紧,别管闲事。"

白发阿娥又去看医生了,她晚上睡得不好,常常坐立不安,一颗心好像掉在井底。看医生回来,刚踏进电梯,白发阿娥就看见三个彪形大汉,一下子冲进来,衬衫尾巴都挂在裤子外面,身上纽扣没扣,袖子高高卷起。电梯升得很慢,三个大汉都抽烟。白发阿娥从来没有见过这些人,只见他们手臂上、胸膛上都刺了一条条龙。

白发阿娥住在十楼,电梯门才打开,彪形汉子都抢先跨出去,噔噔噔,在走廊上大刺刺地一直走,走到白发阿娥家门口停下来,掏出门匙,开了对面的门。几个影子在方格子砖的地面晃晃摆摆,然后由黑暗把他们吞没。原来是这几个家伙呵。白发阿娥总算见到新搬来的邻居了。

"以后上班下班乘电梯,要小心。"白发阿娥对女儿说。

"难怪那么吵闹，个个都花花太岁似的。"

"如果碰上这些人，别和他们乘搭同一部电梯。"白发阿娥继续说。

"如果真是江湖人物，住到这么穷困的地方来，也算落魄了。"

大厦成立互助委员会，是二十年前的事。最初，整幢楼的住户都是新入伙，互不相识，人人自顾自。电梯常常停电，垃圾没人清理，走廊上没有照明，大门口没有看更。一切乱糟糟、脏兮兮，后来还发生过一次小火灾。于是由民政署协助，成立了大厦互助委员会，每户派出一名成员，开过会，选出主席、干事十数人，共同处理大厦的治安和清洁，居然办得井井有条，还得了区内模范大厦奖。最有目共睹的成绩是清洁，然后就数防卫。

清洁方面，人人一眼就看出来：走廊有人打扫，垃圾按时清理。几年下来，还拨出一笔管理费把整座楼宇油髹一新。至于防卫，局外人就不大清楚了。可大厦内的住户都知道，每层楼装了特别的警铃，一旦发生事故，只消按警铃，每户就有一名男子汉手持木棍开门出来协助。大厦的正门也立刻锁上，直到把小偷、匪徒围捕为止。白发阿娥当然记得那次，有个小偷被追得走投无路，打破走廊的玻璃，从二楼的平台跳出去，结果跌断一条腿。

许多年过去了，新搬来的住户，并不知道大厦的防守方法和传统。走廊上常常出现陌生人，警铃从来不响。即使响，还有人会执根木棍出来？白发阿娥家中至今仍存一根垒球棒，以前，是她的小儿子负责护卫的工作。大厦的互助合作精神也随着时日消逝了,去年吧,新婚夫妇家发生小火,白发阿娥和女儿把全层楼的门都拍响了,并没有人出来援手。结果由白发阿娥的女儿打碎电梯口的灭火筒罩,拉着水管前去抢救,其他的住户居然开门出来袖手看热闹。

"我们的大厦来了九纹龙。"白发阿娥打电话告诉大儿子。

"我这一阵子忙,有空回来看你。"大儿子说。

"我们的大厦来了九纹龙。"白发阿娥打电话告诉小儿子。

"九纹龙?我正在看《水浒传》,花拳绣腿,中看不中用。"小儿子说。

白发阿娥把一袋垃圾提到门外放在走廊上,这是她每天最关心的事情之一。清理垃圾的人什么时候来,她记得牢牢的,总把一天一夜的垃圾收集起来,整理一下,放在门口。走廊上静悄悄的,一个人也没有,别的人家还没有把垃圾拿出来。不过,对门的住户,从早到晚门口堆着一个巨大的塑料袋,袋口永远是敞开的,让楼上楼下的黑猫白猫跑来,把内容翻来翻去,好像那是一册极好看的书。每次打开大门,白发阿娥面对的是香炉、天官和门神,以及一袋巨大的垃圾,遍地骨头、菜渣,横七竖八的啤酒瓶。白发阿娥已经到管理处投诉过了,并不生效。好像再也没有人打理环境卫生与防火防盗的工作。

这一阵,管理处贴着巨大的通告,什么深湾海滩夏日畅游,什么辉煌酒楼麻将大赛联欢抽奖晚宴，都是些康乐活动。大厦的防烟门全部是打开的，走廊上堆着烧得黑墨墨的废火水罐，楼梯转角叠起了陈旧的破烂家具，后楼梯一带，挂满滴水的衣裳。楼层的墙灰剥落了，灰粉一片一片掉在地上，墙壁显现奇奇怪怪的图画。走廊的窗玻璃裂了许多块。灭火筒的铜嘴不翼而飞。白发阿娥站在走廊里，紧紧皱起眉头。

对面住户搬进来已经不少日子。差不多有一年了吧，天官赐福和门神土地的金字都黯淡了。过往的一段日子里，白发阿娥一直提心吊胆，每次看见对正家门的垃圾袋就疑心，不知道里面有没有折断的手臂、赤裸的腿、半个头颅和睁大的眼睛。她总是幻想，那巨大的垃圾袋会汩汩地淌出血来。很多的血，沿着走廊流过来，穿过门底下的地毡，流进屋子，像大雨后的洪水，不断冒升，漂起屋子里的桌子、椅子和睡床。每次打开门，白发阿娥得仔细看看地面，才小心翼翼一步一步走出去。

对门住户的铁闸上白白的，贴着的是什么？白发阿娥走过去看看，原来是一张纸。门上为什么不贴红色的挥春，而贴一张白纸？可真邪了。白发阿娥的视力不济，走廊又暗，白纸上依稀是一行行字，不知道写的是什么。她回家来，拿了一面放大镜再去看，仍看不清楚。于是，她再回自己的家，找到了电筒。可是电筒里的电芯都潮了，电筒也生了锈，根本不能用。她只好关上家门，胡思乱想。

"对面的铁闸上贴了张白纸。"女儿下班回来,白发阿娥急急地报告。

"好消息。"女儿说。

"什么好消息?"

"他们欠下半年租金,法庭下令月底迁出。"

"原来一直不交房租呀。"

"九叔告到法庭去了。"

"这下可好了。"白发阿娥感到无比的欣慰。

又传来了油漆味。白发阿娥是快乐的,因为九纹龙终于搬走了。他们搬来的时候无声无息,走的时候也一样,仿佛他们并无家具杂物,说走就走了。对于再次传来的油漆味,白发阿娥既喜又惊,不受欢迎的邻居搬走了,可不知道又会搬些什么人来。白发阿娥并不需要走到对面的屋子里去看九叔髹房子,因为九叔就站在走廊上,正在拆香炉和灰尘仆仆的天官与土地。白发阿娥打开自己的家门,让光线照到对面的墙上,一面看九叔工作,一面摇头叹气。

"香烛的烟都涌进我们家里。"白发阿娥投诉。

"这次,竟连外墙也得髹一遍才行。"九叔埋怨着。

"总算搬走了。"

"搬是搬走了,可真不是人。陈老太,你进屋子看看去。"

白发阿娥以为进错了房子。几个月前,这房子多漂亮呵,奶白色的墙，窗玻璃闪闪亮，地板上一尘不染。可现在不一样了，洁白的墙上用油漆扫了一个个大交叉，又写了些"业主逼迁""打倒业主"等等的大字。至于地板上，堆满了杂物，汽水罐、啤酒瓶、破纸盒、扫帚、木板和旧棉胎。厨房里的油烟像胶水一般黏，地上都是污水。白发阿娥连忙退出来。

"简直是流氓。"白发阿娥捏着鼻子说，"把地方弄得狗窝一般。"

"你看见了吧，"九叔把一大堆废物扔进带来的两个大竹箩里，"墙都涂花了，房子搅得一塌糊涂。"

"不交房租，还要破坏，"白发阿娥显然也气上了头，"真是恶人当道。"

"你还没看清楚呢，"九叔双手叉起腰，然后指着窗口的一个大洞，"把冷气机也搬走了。"

白发阿娥的确还没看见许多别的破坏：窗上的铜把手和撑架给拆走了，抽油烟机不见了，水厕和脸盆里倒满了沙石，连电话也没有了踪迹。九叔说这些人每到一处，总由女子去看房子，先交三个月的房租，包括按金和一个月上期[1]。然后，搬进来的只是男人，住够三个月就不交房租。业主上法庭控告，他们却受法律保护，可以继续白住半年。临走的时候，客气的话，一走了之，不高兴，把房

---

[1] 一个月上期，即第一个月的租金。

子捣乱得不成样子，再搬到另一座大厦去。

"得重新好好装修一番才行了。"白发阿娥说，"厕所、水管，修葺起来可是大工程。"

"也不知道今年交了什么恶运。"九叔把眼前一个香炉重重踢了一脚，"九个月的管理费、水电费，全出在我头上。"

"唉，有房子出租也是难。"白发阿娥看着一地的香炉灰，"下次又不知道是些什么人住进来。"

"我不再租房子给人家啦。"九叔站在屋子中央一动不动，看着地板上剩余的一大堆垃圾，"我打算把房子卖掉，再也不当业主啦。"

一九八八年十二月

玫瑰阿娥的白发时代

八十年代中期一个亮丽星期六的早上十时，天主教圣德肋撒堂的葡萄牙籍阿诺尔迪神父，抵达土瓜湾地区某陋巷，进入一幢陈旧的战后楼房，在窄狭得仅可容身的客厅/饭厅/睡房/书房四合一空间内，为白发阿娥洗了礼，赐以圣名玫瑰。这时候，白发阿娥的头发显著斑白，发质脆弱，发量稀少。薄薄的一抹披发，平贴头额的坡陵，拨梳耳后，靠一枚玳瑁甲壳发夹束结。神父操一口不流利不纯正的当地方言，念经时吐期期艾艾的英语，他把圣水沾点白发阿娥的眉额，游目临盼桌上一蓬百合花，说道，就叫罗莎吧。

阿诺尔迪神父的黑袍没入电梯门扇之后，楼房的铁闸隆隆移封，震得室内门旁冰箱顶上的圣母像旋晃了一阵。瓷像静止下来时，白发阿娥才弄清楚圣名的意思，中译玫瑰。还以为叫我作罗刹。她明明听的是罗刹，仿佛环绕头顶横梁上拍扑双翼的不是天使，而是武学作品中的女魔头，一颗心惶惶然坠失了很久。终于弄明白罗莎是玫瑰另一语言的符号，花朵使她安下心来。然而如此彩艳芬芳的名字又使她满怀羞意，竟像这么一把年纪的人忽然披上少女的节庆舞衣，蚝白的脸唰地绯红了，恰恰展现了玫瑰的颜色。尘世旅程中必须由她亲自挺身担当的重任，遂在一声玫瑰中完成。

＊　＊　＊

大门关上之后,白发阿娥松了一口气。半年来的身心磨难,总算卸却。她不必再背诵主祷文和《圣母经》,也不必再牵肠挂肚一遍遍牢记要理问答。唯一感到遗憾的是,教她道理的罗姑娘不会再来,她将依依想念她。在白发阿娥的心目中,罗姑娘才是圣母玛利亚。洗礼之后,大门旁边的冰箱顶上,摆了一尊圣母白瓷雕像和一座黝黑的铁十字架;白发阿娥的颈项上垂挂了念珠。对于这一切,白发阿娥并不明白其中的奥秘,陌生的外国童贞女子与木匠的儿子,还是二千年前的人物,竟然和她的命运牵连在一起。她隐隐约约联想起不太遥远的那座山岗,其上竖立许多十字架,都是刻上姓名的碑石。

大门砰的一声再次震响,门边的冰箱仍发出琅琅珰珰的击打乐,圣母摇了摇身子,伸展的手推推搡搡,仿佛赶鸭子。来参观领洗典仪的亲友都一一离去,其中包括白发阿娥的三姑娘、亲家母、儿子、媳妇和孙女儿。领洗的事件是他们的意思,由他们一手导演、彩排和演出,感到安慰的当然也是这群人,因此他们欢天喜地,齐声颂赞,感谢天主。他们的步伐是那么轻松,白发阿娥完全可以理解。我是知道你们的心思的。

* * *

　　白发阿娥,本名余阿娥,一九一〇年生。我小时候,爹爹还留一条长辫子,皇帝还住在紫禁城里。白发阿娥会走路的时候,街上就闹革命了。小小的余阿娥一天一天长大,一晃眼,女孩子变成大姑娘;再晃眼,大姑娘变成小妻子;能晃多少眼呢?小妻子变成老母亲。中间也不过是结婚生子、战乱迁徙和生离死别几件事。白发阿娥觉得,有些事物,看来一点儿也没有变,香白兰还是以前的香味,茶叶蛋还是从前的颜色;有些事情倒和以前不一样,和她同辈的人,有的踩着莲花碎步,有的穿上溜冰鞋,一滑远去了。

　　白发阿娥的头发是在六十岁上才白起来的,雪发并不多,只从耳朵旁边冒出几条蚕儿丝,看起来倒也庄严。这个时候的白发阿娥,早已披上通身灰暗的素衣,不论衬衫长裤,一律墨水蓝、煤炭灰,年轻时的花俏打扮全没了影儿。耳环不戴了,盛放于肌肤的灿烂不外是瞬息昙花;指甲油当然也不涂了,偶尔搽一点花露水在衣角,辟辟暑气;白兰花不作兴再别在衣襟上,只平放在小碟子里,排成扇面的形状。夏末秋初,季节递换,她打开樟木箱子,对着一件火狐皮草和一袭织锦缎面团凤花纹的骆驼毛旗袍感叹:真是好看的衣裳。可她不再穿它们,穿到哪里去?骆驼毛发芽豆似的茁长于织锦的草原,火狐的长毛黄叶般脱落,但她舍不得和它们离弃。都是我最钟意的衣裳。依然藏在箱子深处。

她和亲朋极少往来，过年时见到三姑娘，总觉惊异。三姑娘和她一般年纪，染了个烧焦木炭似的枯头，肥胖的双下巴从丝绸套装的直领挤出来，指上还亮出钻戒。三姑娘在三十年代当过一阵子纸上明星，从来没有出过名，电影里也没她的脸面，明星架子倒是十足的。白发阿娥庆幸自己瘦削，相信自己会比三姑娘长寿，看起来更潇洒。她和三姑娘唯一相同的地方，是两个人都喜欢摇檀香扇子。白发阿娥的一把尤其好看，骨节上镂空了花鸟虫鱼，镶贴着彩绘的绢画美女，这扇子仍散发幽幽的香味。木的气味使她联想起什么来了，她轻轻把扇子一扑，仿佛就此把眼前一团飘飘荡荡的魅影扑散了。

白发阿娥白发浓密了些的时候，知道她的黄金时代已经完全过去。丈夫在世，每个月的薪水都由她掌管，那时候，她处理家中所有事情，发施号令，主持一日三餐的盛宴。她打电话呼米唤油，找人修理电器和水管。她上市场为子女选购毛巾、肥皂、牙膏，挺起胸膛昂首阔步。她是精明能干的家庭主妇，一家数口的女主人。然而，这至高无上的宝座她已谦让出来。丈夫去世之后，她是寡妇，家中的主力是赚钱的女儿。谁掌握了金钱，就掌握了权力。

白发阿娥在家庭中地位的降级，她认为和社会的变迁不无关联。比方说，楼下的福升记、隆兴行这样的杂货店，忽然接二连三都关了门，代之而起的是铺面占半条街的超级市场。她不能再发施号令了，没有人给她送米和生油上家来，五公斤一袋的丝苗，她也提不动。但她仍然尽力，上超级市场购买食物和日用品。每次出门，女儿总要叮咛：买玉米油，不要花生油；买植物牛油，不要动物牛油；买透明的温和肥皂，不要香料肥皂；买鸡蛋洗发精，不要草酸洗发精；买麦面包，不要白面包。此外，食物要看储藏的日期，注意内容的成分。我都不懂，也分别不来。她无法应付，只好把最拿手的工作无可奈何地舍弃了。

白发阿娥已经放下了许多辉煌的作业。她曾为丈夫儿女编织毛线衣，各种花样和款式，没有一件不换来赞叹和艳羡的目光。渐渐地她不动织针了，原因倒和能力无关，事实是没有人再如获至宝地接受她的馈赠。女儿上班，穿的是买回来的机织套装毛衣，非常细薄柔美，图案和色彩，波斯地毯般繁华，她的确打不出这样的毛衣来；儿子绝少穿毛衣，一身风衣和运动装，和毛线外套沾不上边。眼看自己打的土里土气大毛衣积压在衣橱的底层，她叹了一口气。她最后的努力，是用钩针为自己织了三顶蚌壳花纹的小圆帽，到了秋冬，她戴上帽子，遮住耳朵，冬眠的乌龟那般，缩着脖子，坐在屋角。

白发阿娥可以做的事愈来愈少，使她发现自己愈来愈老。对于老的体会，她觉得生命不再前行，而是后退。比方说，当一个人活到七十岁，其实是退回到十七岁去。七十一岁是退到十六岁，七十二岁是退到十五岁。有时候退得还要快。七十三岁可以退到十三岁，七十四岁退到十岁。一直退一直退，最后回到〇，势必成为一撮灰尘。

七十二岁时的白发阿娥,觉得她竟回到十六岁的年纪去了,那是充满疑惧和困惑的年龄,成长与衰老同样惊心动魄。但她也仿佛和十六岁时一样,表面上不动声色,沉默应付,如此一来,倒也渐渐适应。所不同的是,在她的眼中,生命中从此再也没有大悲和大喜。如今家务她都不必动手;煮饭、买菜、洗衣这些事,她都不做了。白天,她一个人待在家里看电视,每天看《神犬莱西》。我挺钟意这头牧羊狗。收音机的戏曲她也爱,哀怨的调子最能俘虏她的心:胡～呀胡不归,胡～呀胡不归。仿佛什么人遥遥向她召唤。突然,她的心忐忑地跳起来。她无法控制自己的心跳,心有时赛跑般激动,有时鸣锣般响闹,一发不可收拾。

对于自己的身体,她终于到了认命的地步。她有一个小巧的首饰箱,里面本来专放缤纷闪烁的戒指和耳环,眼下却塞满小瓶子小盒子,都是药,粉红翠绿,紫黛青蓝,简直像儿童吃的巧克力聪明豆。首饰箱依然是她的命根子,只不过随着年龄的转变,更换了不同的内容。白发阿娥以前并不相信西药,她自小认识甘草、竹蜂、淮山、杞子,知道什么医什么。她常常弄些平安药,熬熬清补凉和祛湿水给孩子们喝。然而那一年,她特别体弱,吃了许多天麻还不见效,把脉的老中医对她说,去看看西医吧,这是血压,中药慢。她吃了西药,果然把血压镇住了。小小的药丸,不用熬不用煎,她觉得方便极了。林医生是我的救命恩人。

玛利亚般的女子罗姑娘告诉过白发阿娥，上帝与我们同在。白发阿娥觉得，与她同在的是病痛。她从没有这样清晰地感到身体内无处不在的骨肉。以前，她感到的只是这里痛或者那里痛，现在却是所有的器官，像沉睡的火山一下子都复活了。器官的实质感觉，是玫瑰阿娥十三岁时的强烈经验：她忽然发现了体内潜伏的奇异水域，竟是一条天然的运河，却是她的兄弟所没有的。河道定时泛滥，使她成为肥沃的土地。在这之前，她只模模糊糊地知道自己有面颊、手指和肚子。

十七岁的时候，玫瑰阿娥感到自己有头发，有耳朵，有嘴巴，因为她在恋爱。细致的感觉并非从内心自发而来，而是承受了外在力量的诱发，透过一双手的媒体，使她感到本身真实的存在，这些感觉，使她充满愉悦与激情。很奇怪、很特别的，我都说不出来。后来，她觉得自己有更多的感觉器官，似乎整个人变成开放的海棉，敞开全部的孔洞。二十四岁的时候，她结婚了，感到自己满身皮肤和神经，意识自己有乳房，有肚腹，有更隐秘连自己也不曾发现的深藏细胞。这些感觉使她惊喜也令她震栗，而且着实使她激昂亢奋了好一阵子。后来，后来她的感觉就钝了。如果还有令她永不磨灭的印象，就是那一次次反复重临的撕裂的痛苦，她生过五个孩子。

躯体存在的感觉经过麻木的阶段，又渐渐复苏。可这次从平静的水面涌上来的，是另一种姿态，再也没有任何愉悦的欢欣，而是时而匿伏时而尖锐无可抗拒的痛楚。它们侵蚀她，啮咬她，仿佛她的体内长出了叮螫的蚂蚁、带刺的黄蜂、不停觅食的啄木鸟。她一一触感它们，从头到脚，从内至外，一寸一寸，不仅仅是肝肠，痛楚不断变换焦距，折磨她。白发阿娥知道自己是一座古老的时钟。我从破旧房子的墙壁摔到地板上，吐出所有的螺丝和弹簧，再也砌不起来。

女儿认为白发阿娥浑身不舒服，是缺乏运动的结果，买了一辆室内自行车回来，扶她坐上去活动筋骨。白发阿娥觉得很吃力，轻轻踩，车轮一点也不动；用劲蹬两下，踏板滑脱了，车子仿佛迅速朝前飞行，把她扔在原地。她不喜欢脚踏车。女儿建议她做体操，既然她不愿出外学太极拳，就在家里舒伸肢体，随自己的意手舞足蹈也行。体操容易，白发阿娥同意了，弯弯腰，伸伸手，她的动作仿佛钟面上的时针和分针。骨节咯咯作响。白发阿娥沉着地挣扎，希望时钟还没完全报废，仍能继续走一段时间。

白发阿娥旋开瓶盖，把半瓶果汁味的维生素 C 药饼倒出来选择，这时候，她认定自己竟回到十一岁的年纪了。那是用塑料瓶盛载的一百粒装可供咀嚼的多种维生素，既有维生素 ABCDE，又有 $B_1B_2B_6B_{12}$，还含铁质。药丸上均印英文字母，标示果汁的味道。橙是 O，樱桃是 C，葡萄是 G，柠檬是 L。白发阿娥每天吃一粒，衔在嘴里，慢慢品尝果汁的甜味。她觉得柠檬过酸，樱桃太甜，总是找橙子和葡萄来吃。字母浅浅蚀刻在药饼上，并无特别的色彩，白发阿娥看不清楚，就拿一柄放大镜照呀照，还是照不出来。英文字母太相似了，除了柠檬的字母像把曲尺，其他几个都是圆圈，真不容易辨认。看得我眼睛都花了。

小学时候读英文的记忆又回来了。玫瑰阿娥十一岁的时候读过英文，她和妹妹一起上学，读一班，坐在同一个课室里，同一张板凳。那时候的学生，兄弟姊妹都在一班，为数很多。做父母的高兴了就把孩子一起送去学校读书，不高兴了，就把孩子关在家里，请老师回来教。小学校也不错，有中文英文算术，又有体育音乐手工。玫瑰阿娥的成绩很好，上课时用心听书，先生教的书都懂，可她的妹妹到学校是去玩，上课时只顾东张西望，先生教的书都不懂，到了考试就急了。

坐在一张板凳上读书时，两姊妹才十岁八岁，现在都过七十近八十。相隔也远了，各人有各人的命运和经历。白发阿娥的妹妹一生只有一段短暂幸福的日子，嫁的虽是富裕人家，大家都以为她将过衣食无忧的生活，然而一切都不可预测，白发阿娥的妹夫是不懂理财的忠实人，生意都倒了，又无一技之长，终于弄得很潦倒。数十年来，白发阿娥一直接济这家人，每个月要寄一笔款子帮助他们解决困难。

妹妹是白发阿娥在这世上仅存的亲人，她们互相通信，诉说生命的辛酸和躯体的痛苦，妹妹的字写得歪歪斜斜，因为一直没有用心读书写字。那时候一起读书，她就是不用功，回到家里只会哭。

父母说，大妹就教教她吧，玫瑰阿娥花了不少劲，并不生效。笨死了，我都教她不会。大家一样上课听书，怎么她就学不会。

玫瑰阿娥的成绩很好，她的中文和一点儿英文就是那时学的，但这并不等于什么，因为她上学的时间并不长。家里开的是店铺，人手不足，她又懂算术，就到店里去帮手，再也没机会上学。如果一直读书，一直读，玫瑰阿娥的后半生也许会和目前的不同。比较起来，她还是比妹妹幸福。我吃的维生素果汁药饼就不是妹妹可以奢望的东西。

* * *

第一次碰见牛奶时，玫瑰阿娥九岁。她跟着几个小朋友到礼拜堂去，说是去礼拜堂，其实并不进礼拜堂的大门，而是进礼拜堂旁边的大房间。大家先坐好，听一阵传道的人讲耶稣的故事。讲完了故事，派来一张图画纸，上面印着耶稣的样子。最后，每个人都有一杯牛奶喝。牛奶盛在白色带提耳的小搪瓷漱口杯里，大家出来排队，领一杯牛奶，又在白瓷盘里拿两块饼干，回到座位上吃。牛奶和饼干是玫瑰阿娥家里从来没有出现过的食物，别的小孩家里也没有，因为大家日常吃的是豆浆和大饼油条。

有的小孩上教堂为了听故事，有的为了那张印得好看的图画，有的为了喝牛奶吃饼干。玫瑰阿娥纯为了牛奶饼干，但总得先耐着性子坐在小椅子上听完故事才行。开始讲故事的时候，传道的人总是把门先关上，所以不能等故事讲完才进来。耶稣的故事，玫瑰阿娥貌合神离地听着，从来没有听入心。没想到六十多年后的一天，自己竟因为同一耶稣的缘故，变成玫瑰阿娥。耶稣到底是谁呢？仍像故事一般遥远，但又似乎是真的。大概耶稣就像阿诺尔迪神父吧，穿件长袍子，是个有胡子的蓝眼珠外国人。耶稣把玫瑰阿娥生命中的一头一尾连接起来了，她不明白缘故。

回返童年的感觉随着礼拜堂的记忆而显得更加清晰，因为白发阿娥不但和耶稣的故事连接起来，还和牛奶这种饮品连接了起来。白发阿娥如今每天喝二至三次牛奶，这是她从童年以来，相隔六十年不曾再触碰的食物。白发阿娥很瘦，青/少/中/壮年的时期，一直不懂得该重视牙齿的护理，加上心理的恐惧和经济的因素，使她只剩下一只牙齿了。坚硬的食物她咬不开，顽固的纤维她嚼不烂，许多食物，她以传统的奇异观念加以排斥，这样竟使她变成偏食而营养不良的老人。她误以为只要吃，就会健康，所以胡乱吃蛋卷、薯片、曲奇饼、肉松、猪肝、鸡血，贪图容易入口，而这些食物，不久都被女儿否决了。

她被逼喝牛奶，很不高兴，用种种的借口推托，说是牛奶淡而无味，带腥气，说是喝了引致腹泻，说是拌搅麻烦。但女儿替她选购的并非婴孩喝的奶粉，而是营养丰富特别适合体弱的中老年人的。女儿告诉她，这奶粉带点甜味，不腥，冲水速溶；不含乳糖，可避免腹泻。女儿又说，奶粉里有多种营养素，碳水化合物由玉米和蔗糖提供，含不饱和的脂肪酸，胆固醇含量低；钠、钾、氨的含量适中，不会加重肾脏的负荷；钙和磷的比例为一比一，可减少产生肾结石的危险。这些，白发阿娥都不知道。她终于接受牛奶，只由于牛奶能够治疗她的轻微情绪性胃病。

童年时候喝牛奶，和现在喝牛奶，白发阿娥觉得差别似乎不大，同样发生在生命最懵懂的时刻，许多事情不清楚，一切事情由别人来安排。她记得，童年时喝牛奶那阵，皇帝不住紫禁城里了，有辫子的人都剪掉辫子，大街上常常抓革命分子，什么党什么党，纷纷扰扰的，好像天要塌下来了。现在情形似乎没怎么变，皇帝好像又有了，却是个女的，而且是个西洋女子。这女王有几次就乘了汽车在土瓜湾的大街上经过，穿件粉红色的衣裙，戴粉红色的帽子，住的是西洋的紫禁城；男人又留了长头发，也束了小辫子，耳朵上还戴耳环；什么党什么党比以前还要多。当然，这些都是白发阿娥从电视上看来的。

* * *

近几年来，白发阿娥足不出户，最大的成就是换过一次新身份证，以及见过一次社会福利署的职员。这些事她不得不办：没有身份证，她不可以成为合法的居民；没有福利署的证明文件，她不可以每个月获取一笔高龄津贴。其他的地方,她都不愿走动。子女们邀她上茶楼喝茶吃点心,她左推右搪:不要吃店铺的食物,不接受别处的冷气;肥腻的食物不消化,多数的菜饭不对胃口,豆腐、西瓜太寒凉,芋角、春卷太燥热;每次上茶楼回来,我就泻肚子。对于白发阿娥来说,上茶楼就是上街,得找双精致的鞋,穿丝袜,携带一件质地良好的毛衣,配配衣裳的颜色,梳一下头发,搽两滴花露水,带身份证。绝不能让别人瞧我不起。有一天去喝茶,她穿上了女儿的法兰绒短大衣,哪知媳妇傻兮兮地说,这件大衣真漂亮,是美华的吧。美华是白发阿娥的女儿。她认定媳妇看不起她,牢牢怀恨在心。

子女邀白发阿娥上茶楼,总是临时决定,也总是找家杰出主意。家杰是白发阿娥的大儿子,这儿子的话,她言听计从,仿佛他是族长,于是只好答应了。可消息不能一早透露,要是前日知道,她从获得消息的一刹那起就记上了心,彻夜不眠。清早起床,早早打扮,临出门时频上厕所,还得先服一丸镇静剂,活像上战场。坐在儿子的汽车里,她倒也看看车窗外的风景。一切都和以前不一样了,她一间店铺也不认得,一条路也辨不出来,好像走进一座完全陌生的城市。

坐在汽车里,白发阿娥觉得自己只有六岁大。六岁时的生活都由别人来安排,吃饭、上学、洗澡、睡觉,都有一定的时间。这种秩序又重现了。她记得小时候父母常常带她上杏花楼去喝茶,吃虾饺、牛肉肠粉、荷叶饭。现在完全一样，只不过带她上茶楼的不再是父母，而是儿子和女儿。她已经完全从发令者变为受命者，从主动者变为被动者。早那么二十三十年，一家人都听她的指挥，谁感冒发热，她说，喝一碗苦味茶，冒一身汗就好。于是喝草药了。谁想去看电影，她说，好吧，这里是四毛钱，早去早回。于是看电影批准了。如今的白发阿娥是失去触角的蜗牛。只听见女儿说，今天天气暖和，洗洗头发吧。于是她抱着一条大毛巾，走进浴室去。又听见说，报纸的字太小，不要埋头埋脑地看，别又头晕了。她就把报纸放下了。但她是不甘心的，常常挣扎，设法维护一己的尊严。女儿给她买了药回来，包装不同，她坚持那是假药，一定要到医务所去问清楚。女儿怕烦，带她去了，白发阿娥认为这是她最大的胜利。

白发阿娥头发白了以后就不上街了。街上人多，她觉得头昏，太阳猛烈，晒得她眼花。于是她躲在屋子里，一年四季都冬眠。左邻右里渐渐也换了人家，对门的一家人移民荷兰，隔壁的林家搬到屯门公共屋邨去，另外一位主妇患上肠癌，腰上终日悬吊透明的塑料袋，打牌的成员都散了。新搬来的人互不瞅睬，连姓什么都不知道，家家把门关紧，老死不相往来。

只有家庭医生的医务所，白发阿娥愿意去，这个地方是她茫茫人海中唯一的浮台。每隔三两个月，她去见医生，一见人就醒神得很，量了血压，问清病况。其实她没病，缠着医生开些药给她，镇静剂，咳嗽水，胃药，感冒药，止晕、止呕、止泻等药，她于是满载而归，好像女子们从珠宝店买了珍珠和宝石般欢喜。除了医务所，她一年里偶尔一次两次，愿意上三姑娘家去打打小麻将。

* * *

白发阿娥以为苏三是钟点女佣，就像三姑娘家的玛莲娜。白发阿娥见过玛莲娜一次，是在暑期里一个星期天，她上三姑娘家去打牌，见到一个黑皮肤大眼睛的矮小女子，讲番话。三姑娘说她是菲律宾人，还是大学毕业生。玛莲娜，白发阿娥倒把名字记住了。并不难，京戏里有个须生，叫马连良，差不离。玛莲娜每个星期天上三姑娘家来，吸尘抹玻璃，做家务，是钟点女佣。

苏三来的时候，白发阿娥以为她跟玛莲娜一样，但苏三是中国人，虽然有个外国名字叫苏珊。这名字，白发阿娥又轻易记住了。京戏里有《苏三起解》，挺好记。苏三到白发阿娥家来并不做吸尘抹玻璃这些事。就来陪陪你，你的女儿下午公司要开会。于是白发阿娥明白了，苏三不是做家务的钟点女佣，是来照顾她的保姆。她吃了一惊，觉得自己的年龄忽然降低到四岁。一般来说，请保姆到家里来，只为照顾三岁五岁的小孩，可现在呢，掉转来了，女儿请了保姆来照顾年老的母亲。白发阿娥感到有点尴尬，她不愿表现出任何需要人照顾的痕迹，于是她蛮起劲地找出一堆可以做的事情来。

她给内地的两个妹妹一人写了一封信，写得很慢，每封信写三大张纸，连苏三在她家里陪她也写上了。信封上贴了邮票。她一共有两种邮票，面额分别为一元七角和一元三角，她不愿意示弱，所以不去问苏三，错把一元七角的贴上了。这一阵的新邮票全是花卉图案，白发阿娥分不出什么花是什么花，又看不清楚邮票上的数目字。接着，她吃了一片面包，看了一阵报纸，听了一阵收音机。时间好像过得很慢。

苏三一直没有打扰她，让白发阿娥做自己的事。直到看看老人没事做了，就和她聊天，问问她从前的生活，日常的琐事。白发阿娥觉得这苏三倒也和蔼温柔，和罗姑娘有点相似，话盒子一打开，就收不起来了，不停回忆从前的时光。年轻的日子多好。别说二三十岁那阵，就四十多岁的时候，她每天还朝街上跑，楼下就是小贩集中区，整条街摆满流动的摊子。一早一晚，主妇们买菜经过，市集尤其热闹。阿娥也下楼去了，一个一个摊子逛过去，看看这边的运动衣、游泳裤、拖鞋、花边彩带，看看那边的水果、五金杂货、碎布料、针线纽扣。阿娥总要逛半天，买一打半打橙子，买一个半个西瓜，买几幅碎衣料回来，缝缝剪剪，做些衣裳。大草袋热潮那阵，她买了尼龙草，编手袋；小银包流行，她又去买闪亮镜片和七彩玻璃珠，穿小银包。那时候她真忙坏了。

白发阿娥讲得眉飞色舞，讲了足足有大半个小时，然后，她感到这样子并不好。她忽然觉得这个苏三是来照顾她的，坐在沙发上听她讲往事，钱赚得太容易了。想想玛莲娜，每次吸尘抹玻璃，多么辛苦，而苏三，什么也不用做，还听故事哪。于是她认为该让苏三做点家务，别白赚我女儿的辛苦钱。她叫苏三替她烧开水，冲好茶壶；叫苏三替她冲麦糊；叫苏三读报纸上赛马消息栏里最小的那些字；叫苏三替她换床单枕头套。苏三在白发阿娥家里忙了五个小时，做了许多事情。临走的时候，白发阿娥忍不住，问苏三当保姆一小时赚多少钱。苏三的回答使白发阿娥目瞪口呆：苏珊是义工，陈伯母。

* * *

开始吃麦糊的那天，白发阿娥觉得她的年龄再降低到一岁。她记得，小小的婴孩到了十多个月，开始吃半固体的物质。古老的小孩吃奶糕、鱼粥，现代的小孩吃米糊、麦糊。如今，白发阿娥吃麦糊。一罐用开水即冲就可以吃的燕麦，也不用煮，加些鸡肉、鱼肉和一点儿盐，就成为麦糊了。自从患上高血压／自从当家的大权移交／自从她愈来愈返回婴孩的时代之后，女儿已经控制了白发阿娥的衣食住行，尤其是食，要她调整自己的口味和习惯。女儿叫她竖起手指数数一日三餐是否得到适当的均衡营养：一奶类食物，二谷类食物，三肉类，四蔬果类，并且要白发阿娥吸取足够的纤维，不可以吃太甜太咸的东西，不准吃垃圾。

　　白发阿娥每天喝营养奶粉，吃麦糊，有时候，女儿还在白米中加上粗糙的红米一起煮。以前打仗，我常常吃红米饭。她不知道现在是不是要打仗。营养不营养她也不懂，只觉得一切和从前惊人地相似，说是科学进步，许多事又好像在倒退。比方说，女儿最近竟不用洗洁精洗碗了，宁愿用开水；上市场去买菜，不用塑料袋，带一只古老的菜篮；赚了钱不想放在银行里，去买一块块金子。这些都是白发阿娥年轻时候做的事。

　　白发阿娥记得，她整个人最重的时候有一百零五磅，后来就愈来愈轻了。她的体重也和年龄的降低成为正比例：年龄由十六、十三、十、八，一直下降；体重也是如此，十年前她还有九十磅重，然后八十多、七十多，现在只有六十多磅了。她觉得体内晃晃荡荡仿佛空洞的酒瓶，皮肤松弛下垂仿佛多皱的沙皮狗，双脚轻飘飘仿佛身体随时就要飞起来。她忽然想起三姑娘的体重，三姑娘愈来愈胖，胖得像气球快要爆炸了，而她却瘦。我就要变成一朵灰尘了。

　　她又仿佛听见有人唱摇篮曲：小宝宝，快睡觉。不然的话，为什么她那么渴睡呢？催眠的歌声召唤她。她在家里坐坐站站，自自然然地又走到床边，躺下来睡觉。她可以夜以继日不分任何时间，沉沉睡去。是的，她是婴孩，吃麦糊呀，喝牛奶呀，乖乖地睡觉呀，醒来的时候看看花呀，听听窗外鸽子飞过的咕咕声呀。摇摇摇，摇到外婆桥，外婆叫我好宝宝。什么人又在唱摇篮曲了，轻轻晃，轻轻摇，我是睡在摇篮里了。

* * *

浴室里换了矮边的浴缸，白发阿娥可以轻易跨进去；浴缸里还贴满塑料的花朵，绝不溜滑；墙上镶嵌铜管，可以挂大毛巾，也方便扶手。但白发阿娥从不进浴缸，不浸浴也不淋浴，她沿用古老的传统方法，放一脸盆水，用小毛巾抹身子。女儿认为这样洗不能把肥皂洗净，会导致遍体痒痕；但白发阿娥坚持这是唯一洗澡的方法。浴室的门锁也已换过，只安上简陋的扣闩，外面用力一推门就敞开。白发阿娥十分害怕，不知道女儿会不会破门而入，把她按进浴缸，强迫她洗澡。

如果被女儿按进浴缸，浑身涂上肥皂，吱咕吱咕擦一阵，然后用花洒哗啦哗啦冲一遍，那么白发阿娥就变成几个月大的婴孩了。幸而没有发生想象中的事，但白发阿娥却经历了和婴孩一般的洗澡。上个月吧，她不知为何又头晕了，起不了床，忽然便溺起来，撒了一身一床的污秽。女儿移移挪挪，拉拉扯扯，替她揩抹干净，换过床单、衣衫，里里外外的衣物足足洗了一个下午。床上铺上隔垫外，还替她包上尿布。这一来，白发阿娥完全变成婴孩了。

几年前，白发阿娥看电视，见到一个大胖子介绍博物馆和大教堂。女儿说，那是大明星，名叫乌斯汀诺夫，他的母亲真可爱，永远要穿洁白干净的内衣，并且说，年纪那么大，谁能担保哪一天要进医院，如果内衣黑麻麻，脏兮兮，多羞耻。白发阿娥眨了眨眼睛。女儿还传达过花絮新闻，说女王和太子妃从来不必自己动手洗衣服，连内衣裤也不用洗，所以她们都用卫生护垫。这是现代名门闺秀贵族妇女的卫生礼数。白发阿娥又眨了眨眼睛。于是，自从不再自己动手洗衣服，白发阿娥也使用卫生护垫了。用卫生护垫的是成年人，可尿布，只是婴孩的用品。白发阿娥看见尿布盒子上画着爬行的婴孩，觉得自己只有几个月大了。再过一些日子，她将会变成微尘。

白发阿娥每次病倒，都以为自己要变成微尘了。三姑娘来探访她，邀她一起上天主堂去，她唯唯诺诺，一派懒洋洋病恹恹的神情，三姑娘只好摇头：唉，竟有这样的人，还没领过圣体哩。然后说，念念《圣母经》《玫瑰经》吧。洗礼之后，玫瑰阿娥把经文都忘得一干二净，念珠扔在抽屉的角落，冰箱上的圣母，有一次没站稳，啪地摔到地上碎了。这一切都是不打紧的，白发阿娥很明白，反正领洗的证书由儿子取去了，珍而重之藏在银行的保管箱中。那才是大家关心的事物。

白发阿娥以为自己很快就会变作微尘了，事实并非如此，她并没有病，只是老。四月临近，她以为过不了清明；八月到了，她以为过不了中秋。过年是一个大关，她认为跨不过，不过，所有的关又都闯过了。她的血压平静下来，人又硬朗起来。她自忖这是回光返照。两个星期过去，并无变故，哪里有那么长的回光返照期。孩子们安慰她，说她才七十八岁，不算老，如今的人长寿，八九十岁也等闲，一般人都能活到九十岁以上。白发阿娥屈指一算，从七十八岁到九十岁，足足十二年，如果小孩子从八岁成长到二十岁，小学中学都毕业了。十二年对青少年来说是一笔丰富的财产，可上天若是赐给七十八岁的老人十二年，大概只是讽刺。老天和我开玩笑。祂是狡猾的物主，把送给人的事物逐件分期收回。

女儿说，给亲人写些信吧，见不到你的字迹，他们会担心，于是白发阿娥提起笔来，鼻子几乎贴在信纸上，写下母鸡般大的字。看着她写信，女儿说，何不写回忆录呢，把一生中经历的事，仔仔细细写下来，可以写上十二年。白发阿娥张大了嘴巴。可以写么？我记得许多事情，可以写出来。她的儿子建议，每天写一点，由他付一百字十元的稿费，赚了稿费可以寄给内地的亲人。白发阿娥又张大了嘴巴，内地的亲人最能打动她的心。于是女儿买了原稿纸回来，小小的格子，白发阿娥居然能够一格一格写。她于是从头回忆：在一个下午天阴无阳光儿女们都已上班去了我独自一个在家中寂寞无聊回忆起以往的故事我是生于宣统二年农历十一月初五日……

一九八八年九月

白发阿娥与皇帝

1

"这位太太,过来看看,过来看看。"

白发阿娥经过超级市场,被一名小贩叫住了。是个陌生的小贩哦,她从没有见过。这条街上,小贩一天比一天多,打从午后二点起,一个接一个出现,有卖毛巾的,卖小童衣衫的,卖指甲钳的。还有一辆小货车,停泊街尾,搁一块纸牌,写着:收买冷气机、录音机、工用衣车等等。这个小贩,白发阿娥以前没有见过。

"过来看看,这位太太,过来看看。"

小贩没有手推车。他只一个人,靠墙站着,手指一幅布。布上挂满大小不同的塑料袋,里面分格装着些圆圆的东西。卖些什么呢?阿娥总是好奇。灰麻麻的,可不像玉哦。她朝前踏一步。看见了,是钱币。

"太太,你看,有没有这样的毫子和大饼?这个五毫,卖给我,三元一个。"

"五毫子,值三元?"

她的口袋里也有五毫子。这种零钱普通得很,人人都有。她摸摸口袋,掏出两个五毫来。

"太太,这个不是女皇头,不值钱。这个呢,不错,是女皇头,却是小皇冠，只值五毫半。要大皇冠的才值三元。"

"我现在口袋里虽然没有，家里一定有。"

"我天天在这里，你家里有不要的旧钱币，都可以卖给我。你看，这是白镍五毫，四元一个收；男皇头的呢，十一元一个收。"

白发阿娥不用仔细看，因为这些钱币她都认得，平日常常用，天天见，只看形状和大小，立刻分辨出来。

"呀，这个是十角形的五元，我倒有不少哦。"

"十角形的五元，二十五元一个收。"

"这种十角形的五元，很好看，不知为什么现在不见有人用。我最喜欢它，掉在地上不会滚掉，容易找回来。"

"除了钱币，我也收钞票。你看，这些钞票，你一定很熟。钞票嘛，没有女皇头也不要紧，都收。譬如，印着一个长胡须的，印着一个罗马兵的，或者，印着天神、美女和地图的，都收。"

小贩把一本厚厚的簿子打开，一页一页翻给白发阿娥看。的确，这些钞票都是她熟悉的，以前就用过，不知为何，现在却不时兴了。她看到那张名片大小的壹分钱纸币，笑起来。

"哎呀，我都把这些一仙[1]折飞机给小孩放掉了。"

---

[1] 仙：货币单位，英文 cent 的音译。在香港，一仙等于一分，十仙等于一毫（即一角）。

2

　　白发阿娥有三个钱猪，其中一个是陶猪。有一年是猪年，碰巧买回来应景；另一个却是玻璃制的，通体透明，把钱币塞进去，个个清清楚楚看得见。因为看得见，更加把它塞得满满的，在灯光下看，银光闪闪，漂亮极了。白发阿娥小时候也有钱猪，那时的钱猪，不是猪形，也不叫猪，叫扑满，是个圆圆的像锣鼓似的泥罐。

　　小时候，白发阿娥从来没有把扑满填满过，因为她心急，等不及把扑满灌满，就把它扑碎拿了钱去买东西。城里的小孩，到处都是诱惑呀，好吃的年糕团、甜烧饼、龙须糖，好玩的面粉人，抛藤圈套泥娃娃，多的是。扑满又不值钱，本来就是给人扑碎的。

　　白发阿娥的第三个钱猪，不是猪，是一只猫，卡通猫，灰身体、白肚皮。这猫是硬塑料制造，非常坚固，底座上还有字，是渣打银行的出品。白发阿娥把三只钱箱都找出来，用毛巾先围在桌子旁边，然后把钱币哗啦啦倒在桌子上。三个钱箱中，有两个很顺利，塞盖一掀，倒翻身子，晃两晃，钱币都跌了出来。至于玻璃猪，原来是密封的，只有背上一条缝。要把钱币取出来，得一个一个耐心挖，花了白发阿娥许多时间。

　　面对一桌子钱币，白发阿娥先取来笔、纸和放大镜，然后端坐椅上，开始整理。首先，依币值分类，即五仙、一毫、二毫等等。其次，是依性别，钱币也是有性别的，钱币上所印的人物就有性别了。这很重要，不是说男皇头的斗零值四元么？女皇头的只值一元半。的确，在一大堆钱币中，男皇头要比女皇头的少，几乎一百个里面才有三五个。有些钱币，根本没有男皇头。

一堆女皇头的钱币中，白发阿娥又做了一项分类：戴大皇冠的和戴小皇冠的。她喜欢大皇冠，觉得它有气派，小皇冠则像孙悟空的金刚箍。不知道有没有一个唐僧样的什么人能够念咒语控制女皇。把钱币依币值、性别和皇冠的大小来分，很容易，一会儿就分好了。接着的工作，又花了白发阿娥许多时间，因为她竟去把钱币依年份分，而且一枚一枚登记起来。

白发阿娥用"卌"符号计算法，一五一十地计算。一面分，一面看。哦，最近的年份是一九九七，最远的是一九四八。为什么没有一九四八年以前的呢？她记起来了，一九四八年以前，她根本不在这个地方。她是一九四八年的冬天才到香港来的。这个年份上面有她的记忆。那一年，白发阿娥一条白发也没有，跟着丈夫，带了四名子女、年老的父母和一位舅婆，一起移居到香港来。丈夫一个人赚钱，她打理家务，接些家庭作业做，总算艰苦地活下来了。

她数了一数，共有六十二枚男皇头的钱币，其中，三十九枚是斗零。她记得，初到香港来的时候，有一天，带了小女儿经过小食店，见到架上宽口瓶里盛着话梅。进店去一问，店伙说："斗零两粒。"她登时一呆，一声不响走出来。她绝不是不想买话梅，而是不知道"斗零"的意思，又不愿别人知道她们是新来的移民。后来她才明白，斗零就是五仙。

男皇头钱币的年份都很早，一九五一年就没有了。女皇头最早的一枚是一九五八年的斗零。一定是这样的，那些年间，发生了一件事：男皇驾崩，女皇登基。白发阿娥到香港来的时候，还是男人当皇帝哪，这倒和她出生的那年一样。她是一九一〇年出生的，中国还有皇帝，第二年，就辛亥革命了。在中国，平民百姓见不到皇帝，反而在香港，白发阿娥见到了皇帝，而且是女皇帝。

不管别人怎么说，白发阿娥蛮喜欢这位女皇帝。女人做皇帝，就是说，女人也是人，男女平等。再说，电视上常常放映影片，女皇坐马车啦，在大教堂加冕啦，女皇又年轻又漂亮，像个女明星，却有女明星没有的威仪。有一年，女皇大婚，白发阿娥还买过一个银色的纪念杯。现在呢，女皇当然老了，要戴近视眼镜，脸上的皮肤也打皱了。

说来奇怪，女皇做了许多年皇帝，不知道为什么不退位。王子不是已经长大了吗？英国人到底和中国人不同，早先有一个不爱江山爱美人的公爵，现在又有一个和白雪公主离婚的王子。如果王子现在当皇帝，钱币上就会有他的头像。但是这样的事永远不会在香港发生了，即使是女皇头，也会随着时光一个一个消失。

白发阿娥一面看钱币，一面沉入记忆里。五十年代的钱币好像很少，六十和七十的却多，几乎每年都铸造过。这二十年可是艰苦的日子，生活担子重，亲人的离世，都是悲哀的。想不到白发阿娥的父母会相继过世，丈夫也突然中风身亡，一句话也没有留下。但在那些愁苦的年代，也绝不是没有欢乐的一面，子女的学业完成，长子娶妻生子，许久没有消息的内地亲人又联络上了，再也不必为他们寄粮食和衣服。

银白色的大壹圆，令白发阿娥联想到非常特别的年月。那一年，都说有军队要进城，整个城市像要倒塌的样子。街头巷尾穿唐装衫裤的大汉，手握一把银元，叮叮叮撞响，口里喊着，大头，大头；鹰洋，鹰洋。钞票不值钱，人人抢购黄金和银元。大头是袁大头，鹰洋是墨西哥的飞鹰。银元全用纯银做，拿在手上重甸甸的，互相敲击，发出清脆的声音。

现在没有银元了，只有银色的大壹圆像银元。有一阵，儿女给白发阿娥祝寿，送她金币。灿灿亮的金子，不若银元大。阿娥也没有拿出来撞击，连碰都没碰过，因为儿女对她说，不要敲，不要碰，弄花了，沾了汗水，就不值钱。若要保值，金币就得留在塑料袋内，留在盒子里，眼看手勿动。白发阿娥觉得，还是银元好。

那一年，街头巷尾的银元叮叮响的时候，阿娥就藏着鹰洋和大头，另有金手镯、钻石戒指，密密包裹，细细收匿，全都带到香港来，最难挨的日子，全靠拿它们出去换柴米油盐、孩子们的学费和老人的医药费。如今儿女告诉她，金子会愈来愈不值钱，也许将来有一天，变成废铁也说不定。白发阿娥不信。那么，生日的时候，为什么还要送金子给她呢？

一仙和五仙，现在都买不到东西。但一毫二毫，乘搭巴士还能用。这样就好。白发阿娥记得，曾经经历过一段非常可怕的日子，币值天天飞涨。有一种钞票叫金圆券，买东西根本不是拿一张张钞票去买，而是一捆捆，好像搬石头。那时的钞票，面额是十万，五十万，一百万，真是触目惊心。一捆钞票，早上换得一斤米，下午去只能换半斤。钱钞应该使人感到牢靠才好的吧，那么，不但不用担心不值钱，还可收藏起来。

白发阿娥觉得，这些年来，她还是幸福的，没有碰见十万、一百万面额的钞票，也不用拿一捆捆砖头般重的钞票去买东西。她不用把钱当作恶鬼，不必把钱急急拿去换东西，甚至可以留着，藏着。譬如说，过年，要给儿孙封压岁钱，从银行提取回来的都是直版的新钞，封利是[1]剩下来的，就留着，遇上有趣的号码，也不想用掉。有时候，儿女给她零用钱，她都收在盒子里，好像它们不再是钱钞。

一生之中，白发阿娥接触过的钱币着实不少呢，什么龙洋、大头、鹰洋，小时候还见过光绪元宝、大清银币。钱币上画的多数是龙，比较特别的是光绪皇帝的头像。皇帝是侧面，戴了皇冠，清清楚楚看见一条扭麻花的辫子。后来就有了袁世凯的头像，穿着军装，一顶高帽，吊着一把流苏。孙中山的头像也有特别的地方，是

---

[1] 利是：也作利市，意为红包。

正面的。这些人，都长了八字胡须。钱币的背面，有的是地球上插两面旗，有的是帆船。香港如今的钱币，却不画帆船，画洋紫荆。白发阿娥不太喜欢洋紫荆，洋紫荆不像是中国的东西。

年轻时见过的钱币，白发阿娥一个也没有留下来，还有老法币，金圆券。金圆券，废纸一般，她不喜欢，至于母亲留给她玩耍的钱币，虽然喜欢，可现在都失去了。这必定是战乱的缘故。如果没有战争，生生世世住在一个地方，住在一所古老的房子里，一切旧的东西都不用抛弃。就在阁楼里、后院的储物室里，总能找到什么祖母的绣花裙子、祖父的手杖、姑姑的照相簿、叔叔读过的书、父亲留下的留声机、母亲用过的檀香扇子……在战乱的年代，为了逃生，除了生命，还能携带些什么？名瓷、古董、字画、书籍，都不得不离弃，还有谁能储蓄身外之物？

真可惜，光绪元宝宣统银元都擦身而过，像时间一样，像流水一样。反而是近几十年，因为生活安定，不用逃难，白发阿娥藏起了一些钱币。没想到，忽然就有人收购了。奇怪，这种情形，和那一年是一模一样的。那一年，街头巷尾的银币叮叮作响，因为军队要来了。如今呢，好像街头巷尾也有一片收购的声音：皇帝，皇帝。因为军队要来了。白发阿娥记得，那一年军队是在晚上进城的，三更半夜，月黑风高，他们进来了，沿着马路的两侧，单行前进，荷枪实弹，穿着皱巴巴棉胎似的军衣，戴着鸭舌帽。

昨天，电视上播映军队进城的画面。军队穿着笔挺的制服，戴了飞虎队员那种软呢帽，绿颜色，没有佩枪，坐在车子里朝窗外的人微笑挥手。下车的时候一名军人向长官小步奔跑过去，立正，行礼，握手。白发阿娥还以为他们是一队童子军哩。

3

门铃响，白发阿娥去开门。真的童子军来了。
"外婆，啊呀，我好疲倦。"八岁的小洛文抢先跳进来，背后跟着他的母亲。
"你们怎么来了？"
"我们在你家楼下的邮局，买邮票。"小洛文说。
"你家楼下的邮局平日拍苍蝇似的，没有什么人，我特别过海来买首日封纪念邮票。"
"哪知排了好长的人龙。"小洛文说。
"整整轮了两个多钟头。"
"休息一阵吧，我去倒杯茶来。小洛文，要不要喝黑加仑子汁？"
"妈，我们自己来。"
"咦，外婆，你在做什么呀，一桌子都是钱。"
"我在看看有多少钱币。你看，这个好不好看？"
"我怎么没见过？"

"那时候,你还没有出生呢。"

"外婆,真巧,我们在邮局买了两套钱箱,正好一人一套。"他把三个钱箱取出来。钱箱都是红色的,和街上的邮筒一模一样,一个圆,一个方,另一个是连体的方形,像孪生的孩子。

"哎呀,我看来可以开钱箱店了。"

"我们来喂钱猪好不好?我来喂,我来喂。"

白发阿娥决定,透明的玻璃最好还是装银白色的钱币,就装她最喜欢的十角形五元、大面积的一元和漂亮的五毫。每一次小洛文把钱币放进钱猪,她就听见玎的一声响,清脆得好像来自另一个世代。不久,玻璃钱猪喂满了,他们就把其他银色的钱币喂进陶猪,把黄铜的五仙、一毫、五毫喂给钱猫。那些钱币如今都不适用了。至于如今通用的钱币,都放进红色的邮筒钱箱吧。小洛文又忙碌地把大皇冠、小皇冠、一元、五毫、二毫、一毫,分别放进不同的钱箱里。小洛文喂钱箱的时候,白发阿娥不时捡起一个钱币感叹,这个钱币五岁了,这个是七岁。这个呢,竟然已经超过五十岁。

"小洛文,你看,这个钱币,和你同一年出生。"

"那么,它八岁了。"

"妈,你怎么看这么小的字?"女儿从洗手间出来。

"我有放大镜。"

"去年才做白内障手术,不许再看。"

"这个钱币,小洛文,和你妈妈同一年出生。"

"不过，它不像妈妈，不会生出小洛文。"

"它虽不会生孩子，原来会生息。"

"什么是生息？"

"是利息。你看，这个大面积的一元，如今值七元半，这个十角形的五元，值二十五元。"

"妈，你怎么知道得这么清楚？"

"昨天，街上有一个小贩收购钱钞，是他告诉我的。"

"妈，你是不是……想把钱币拿去卖掉？"

"外婆，不要卖掉，不要卖掉，都留给我玩。"

"好的，一言为定，都留给你玩。"

白发阿娥仿佛看见一幅远景，但愿如此。那时候，小洛文已经活到像她如今的年龄。有一天，他把钱猪中的钱币倒出来看。呀，这五仙已经一百多岁了；这个钱币上，铸着一九九七年。那一年，他在外婆家里，和外婆一起喂钱猪。他对身边的孙女儿说，好的，一言为定，都留给你玩。

一九九七年

他者

整个晚上，白发阿娥没有睡好。毕竟是医院，比不得家里。太高的床、太多人盖过的被褥、太陌生的枕头、太空荡荡的大房间，还有，太多不相识的人。再说，通宵亮着灯。病房的灯到了晚上都会转为暗灯，可是，白发阿娥的床位恰恰对正洗手间。整个晚上，洗手间灯火通明。

进院的时候，病房这边共有三个空床位：九号、十四号和十五号。护士编了十五号给白发阿娥，说是老人家，进出洗手间方便些，因为近走廊。白发阿娥很满意，另外那个号码，她认为多少有点不吉利。结果却被灯火照得睡不着，只好用一个枕头遮挡光线。

正要入睡，走廊上一片喧闹，一张病床推进大房，护士和职员把病人移到十四号床。医生立刻到了，拉上布幔。只听得病人说，流了很多血，裤子都湿透。然后是医生替她检查吧，病房中响起她惨烈的呼叫，听得白发阿娥毛骨悚然。

大概由于针药镇痛，病人渐渐安静下来。医生离去后，布幔拉开，白发阿娥看见护士把对面床下的一只红色胶桶拿到十四号床下。那个血红色的胶桶，白发阿娥认识。进院时，胶桶本来在她的床底下，她也没特别留意。直到和其他病人闲聊时，有人告诉她，十五号床的上一位病人怀了不足月的胎儿，出了事，保不住了，给吃了药泻下来，就扔在床下的桶内。据说，头颅和小手小脚都见得清清楚楚。没多久，白发阿娥下床走动，就悄悄地把那桶移到九号的空床底下去。

白发阿娥好不容易才入睡，不久就醒了，因为才清晨五点，护士已出动工作，替病人探热，量血压，换滴盘。六点正，病房内再一片明亮。有人上洗手间，淋浴，洗脸，刷牙，走道上人来人往。白发阿娥也起床了。咦，对面九号病床上坐着一名新病人。她是什么时候进院的？

九号病人皮肤稍暗，眼睛却很明亮，头发乱蓬蓬。白发阿娥上洗手间时，经过她的床边，和她道一声早安，可是她没作声，只笑了笑。护士走到她床前，给她一个面盆，还给她一瓶药水，指指洗手间。她点点头，也不出声。哦，白发阿娥想，她是哑巴。

哑巴从床上下来，双手提着盆沿。啊呀，白发阿娥这时才看见，哑巴竟然没有穿裤子。她的上半身穿了医院的紫色制服，长及膝盖，下半身则光秃秃，露出两条白白的腿。

白发阿娥的谜团很快就给揭示了，因为护士对白发阿娥这些床位靠近走廊两边的病人说，你们要帮帮我们，时时留意她，看紧她，别让她逃走。我们的工作琐碎繁忙，也许会一时疏忽，被她走掉。上次也是这样的人，假装有病，进院后，我们不小心，竟给她逃走了。所以，大家帮帮眼，看住她，别给她从后楼梯逃掉。

原来是越南船民。她从洗手间出来，把脸盆放在床底下，仍爬上床坐着，用毛巾被盖着腿。过了一阵，护士来看她，见到空空的脸盆，叹了一口气，说，啊呀，把水都倒掉了，要你浸药水，留给医生看，竟倒掉了。言语不通，翻译又不在，真麻烦。

船民坐在床上，既不说话，也不睡觉。十二点钟，医院派午饭，每人一份。船民仍然坐着，又不吃饭。白发阿娥向她打手势，做扒饭的动作，又指指对方的食物，示意她吃。但船民仍不吃，只笑了笑。白发阿娥想对她说，快点吃吧，不然的话，阿婶很快就来收碗了。这些意思，白发阿娥不知道该怎样才能让她明白。

好几次了，白发阿娥和船民目光相接，两个人都笑了笑。阿娥想，这女子大概是真的不舒服吧，看来善良和驯，不像是假托有病入院，打算逃走的样子。船民是为了避难才到香港来的吧，好端端的女人，流落他乡，都是由于战乱的缘故。白发阿娥也是因为避难，移民到港，但这已是许多年前的事了。

白发阿娥上洗手间，经过九号床边，特地为船民表演了一出哑剧：

指指床底下的脸盆

做拿脸盆的样子

做一个倾倒的动作

摇摇手

指指盆内，做倒水的动作

再摇摇手

指着一名正走过的医生

指指眼睛

从眼睛到脸盆，画一道虚构的视线

再做一个倒水的动作

再摇摇手

白发阿娥不知道船民明白了她的意思没有，看来似乎明白了，因为对方一直看她表演，一面点头，并且微笑。

这天下午，轮到白发阿娥进手术室。如今，她已经不怕动手术。记得以前，她无论如何不肯入院，五个孩子，都在家中分娩。她认为，医院非常可怕，进院的人全是直着进，横着出。后来女儿逼着，还吵了架，给硬押进医院，哪知竟然医好了出院，这才相信医院能治病。一年前，还做了白内障切除手术，两只眼睛一起割治，看东西多清楚，医生很年轻，科学进步想也想不到呀。

不再怕医院，白发阿娥对儿女说，你们都要上班，不用来陪我，做手术是医生做，不是你们做，不必来。护士呼唤阿娥的名字时，她已经换好手术室的衣服，躺上可以移动的病床，由职工沿着走廊、上下电梯、穿过好几重门，一直推到手术室去。途中被戴上帽子，又被问了几次同一的问题：

"叫什么名字呀？"

"余阿娥。"

"知道做什么手术吗？"

"割掉流血的小肉瘤。"

"不要紧张,不用怕。"

"不怕,我不怕。"

"以前做过手术吧?"

"做过。"

"早上起就没吃过东西吧。"

"没有吃东西。"

白发阿娥自认是听话的病人,不像有电视看的病房那边的一位老太太,医生替她抽血,她不肯,又拉又扯又抓又拧,几乎要打医生,真是蛮横。常听别人说怕进手术室,其实才不可怕,什么亮晃晃的刀剪,哪里看得见,连纱布、针筒、药物,一概看不见,只看见天花板下那盏有许多灯泡的灯。听得一把声音说,我替你打一支针,你睡一会儿。

于是,什么也不知道了。然后就醒来了。原来手术已经完成,小肉瘤已经割掉。耳边有熟悉的声音:醒了,醒了。睁眼看见儿子、女儿,都在床边,自己已回到了病床上,才不过一个钟头,不过睡了一觉。

手术成功,很小的手术。白发阿娥一切正常,既不觉痛,也没呕吐。晚饭送来时,问她吃不吃,她说吃。儿子替她调高了床背,她坐起来,一面微笑一面吃饭。十号却躺在床上,她也做了手术,却无法吃饭,还呕吐。

船民的床前站着一名翻译,正在一句一句译述护士的话:浸浴过的药水留在盆内，不要倒掉，医生要检看。这些意思，白发阿娥都告诉过她的。只见她拿着脸盆进洗手间去。过了半个小时出来，盆内盛水，放在床底下。

船民第二天一早就出院了。由翻译和警方的人员陪同。她换回自己的衣服，经过白发阿娥的床边，向床上的白发阿娥微笑，而且挥了挥手。白发阿娥也朝她微笑，挥手，目送她远去。这一次，白发阿娥看见她穿了一条花布长裤。

二〇〇〇年十月

照相馆

　　白发阿娥坐在门口晒太阳。秋天的阳光真温煦，仿佛可以把一个人骨头里的霉菌都烘干。早一阵，天气炎热，打开店铺的玻璃门后，白发阿娥就坐到柜台后面的靠背椅上，那里是店内最阴凉的角落，而且面对店门口，阳光照进来，照不到柜台的进深处。金黄色的长方光体，像一幅剪裁适当的地毯，恰恰铺在店门口。

　　照相馆一带没有什么行人，有时候出奇地清静，因为店铺位于廉租屋邨的边缘地带，又是横街的街尾。过了街尾，是汽车渡轮的码头，再过去就是一片杂草丛生的荒地。濒海并无散步的堤岸，而且疏落地露出一些矮平房，大概是一幅还没计划好的工地。虽说是码头，但过海的车辆并不由店铺门口经过，而是从另一条大街绕道而行，一切的喧闹，都在海的那一端。

　　搬到这么一个地方来住，是白发阿娥无论如何想不到的，何况是住在一幢楼房的最底层，而且是一间店铺。白发阿娥本来住在对面海一座古旧的大宅子里，这种漂亮宽阔的房子，早就惹起地产开发商的窥视。面积数千平方呎[1]，才二层高，拆了重建，可以盖十多层高的大厦，每层四个独立单位；况且，住户本来少，搬迁的补贴费也不多。

---

[1] 平方呎：指平方英尺，是香港习用的面积计算单位。1平方呎约等于0.09平方米。

业主售卖旧楼，白发阿娥不得不搬了。他们一家是租上租，并没有赔偿费。找房子住多么困难，分期付款，连首期的款项也没有；租房子，租金也昂贵。也是巧合吧，大儿子的老朋友要到加拿大探亲，住一段日子，店铺没人看管，正好让白发阿娥一家暂住，权宜看守房子。由于是廉租屋，每月才五百元租金。

房子不错，店铺面积约四百多平方呎，还有同样大的阁楼，一家五口，足够用了。楼下分为前后两个空间，前铺后居。铺面一边是影楼，摆了水银灯、反光板等生财工具，一边是柜台，相当宽阔。由一幅巨大的丝绒帐幕把后铺密密遮住。影楼的背后有一道螺旋形的狭窄铁楼梯，通向阁楼。楼梯前可以摆饭桌、椅子，还可容纳一个木柜。有一扇大窗面向后巷。铺后的另一半是一间颇大的黑房，和黑房平行的是浴室与厨房，都呈长方形。厨房也有一个大窗，面向后巷。浴室的小窗则面向横巷。黑房是在柜台的背后。

照相馆有前门和后门，后门面对垃圾房。起初，白发阿娥不大习惯，因为楼上的垃圾都经垃圾槽从高空泻到底层，常常轰隆轰隆，啪，一声巨响，但渐渐也适应了。以前住在海对面，就有飞机升降的噪声。屋邨也很清洁，垃圾房平日关门，只在车辆收集垃圾时才打开，难闻的气味不久就被消毒的清洁剂味掩盖。不过，蟑螂多是免不了的，浴室中就出现过毛茸茸的蜘蛛。

笃笃笃。

有人敲玻璃门。门外站着一个男人，这个人白发阿娥认识，是廉租屋邨的管理员，常常在邨内走动。她知道管理员会对她说同样的话，而且听过好几次了。

—— 一定要打开门做生意。

—— 这是规章上说明的。

不错，规章上说明，店铺一定要打开门做生意。这一点，白发阿娥知道。但照相馆根本没有生意上门。一则地点偏僻，二来屋邨另有照相馆，就在码头那一边。别说照相馆，连隔邻那家餐馆也每天只有小猫顾客三四名。白发阿娥，即使照相馆原来的主人，对于没生意一点也不介意，因为住在这里，主要是铺租便宜；为了住，不为别的。

店主是白发阿娥大儿子中学时的同学，又一起入大专读新闻系，二人都是摄影发烧友。结果，一个当了摄影记者，一个开了照相馆。儿子朋友喜欢拍照，希望自己家中有黑房，可是普通的民居，一家大小有高堂、妻子、儿女，勉强把一个小洗手间改成黑房，转身也不易，如何添置大型的装置？可是租一间铺位就不同了，可以堂而皇之装修宽阔齐备的黑房，也可做点小生意。他本人家境不错，横竖不想当朝九晚五的上班族员，就开店吧。

白发阿娥搬来了又怎样呢？一家五口都睡阁楼，地方宽阔，只是楼底[1]稍矮。楼梯上去是一条三米宽的走道，放得下一个大衣柜

---

[1] 楼底：在粤语中是"楼距"的意思。

和一张双叠床。走道尽头有一个窗，走道边却是一道高半米的矮墙，正好把空间分为前后两半。前面对马路，有一列四个横窗，于是左边放一张双人床，母女共睡；右边一张小单人床，给儿子用。自己一家人，也不隔断，平日各人在楼下工作，写字，听音乐，需要休息才上阁楼，晚上还可闲话家常。

一家人，白天上班的上班，上学的上学，子女都上学；只有大女儿教书，却是教下午班，早上在家，十二点半出门去，七点回来。阿娥一人在家，也不过几个小时，况且，上学的孩子四点钟就回来了。她在柜台前坐坐，上阁楼睡一阵午觉，时间很易打发。唯一的麻烦是必须打开门做生意。屋邨的店铺，都要打开店门，除了餐室，因为有空调。

偶然，仍有一些顾客上门，大女儿在家时也接下来，却是拿到别的店去冲晒，取回后换上自己店铺的纸袋交货。也是一单生意，却是没钱可赚，白当跑腿，只是装装门面，对管理员交代交代。至于来拍照，就说师傅回乡下去了，请到码头那边的照相馆去照。还替人家做广告哩。渐渐地，没有人来拍照和冲印了。真好，真清静。管理员也不常来。他来了，就打开门，他走了，又把门关上。太阳晒到对街，白发阿娥干脆上阁楼去午睡了。

唯一发生的事情是关乎一名流浪汉的。那天，他整日坐在后巷的墙下。当白发阿娥下午从阁楼下来，咦，怎么后门打开了？一定是刚才倒垃圾回来，没把门闩好。她于是到厨房里切萝卜。这时，忽然背后黑影一晃,似乎有人奔向后门,开门出去了。白发阿娥居然举起菜刀追赶,在后巷跑了一段,看看追不上,只好回家,心想必定是那个躺在后巷的流浪汉。

点算店内一切,损失不大,不过是柜台抽屉里少了几十元,临走时,顺手牵羊,捧走了一叠唱片。所幸店内的照相机都无恙。小儿子说,可惜了那些鲍勃·迪伦和琼·贝兹的唱片,都是新买的。大女儿说,母亲真大胆,还去追贼,没被贼绑起来,岂不幸运。

一定要打开门做生意。但打开了门就有生意做了吗?没有。整整一天,一个星期,甚至一个月,没有一单生意,有的是一阵阵的风和一室的灰尘。每天,白发阿娥的主要工作是抹灰尘。奇怪,搬到照相馆来之后,阿娥的身体强健许多了,也许是因为她每天要走楼梯以及抹灰尘。柜台、玻璃橱、大门还有面街的饰橱,都是玻璃面。

饰橱挺大,占了铺面的三分之二,白发阿娥只用鸡毛掸子扫扫就算了,而且只扫到她能顾及的高度。饰橱里有三幅大大的照片,几乎各占半页报纸大,都镶在金色的雕花木框内,金色已经褪成了鸡蛋黄的颜色。那是一套三张的结婚照片,一个穿着白色婚纱的少女侧着头微笑。白发阿娥从来没有穿过婚纱。这种洋服,白蒙蒙的,怎么说也不吉利呀。还是大红绣金线的袍褂好看,喜气洋洋。不过,白发阿娥也没有穿过大红绣金线的礼服,没有坐过花轿。文明结婚,花轿已经不流行了。结婚都穿旗袍,襟上插一朵红花。

饰橱里的另外两张照片仍是同一的少女，不过，一张是她的全身照，一张是和新郎合照。白发阿娥的大儿子结婚时，也拍过这样子的照片。照片里的女子就是把大儿子从母亲身边抢走了的人。结了婚，白发阿娥家中不是多了一个媳妇，而是少了一个儿子。家中地方小，子女又多，大儿子一结婚就离开了老家。白发阿娥仍和其他的子女住在一起。她想过的，女儿们将来一个一个出嫁，她只能依靠最小的儿子了。如果小儿子比女儿早结婚呢？也会离家而去吧。唉，生了那么多子女，结果也不知道依靠谁。

白发阿娥最常抹灰尘的是柜台和门背墙上的玻璃扁橱，柜台的台面，玻璃下压着许多照片，墙上的玻璃橱内也一样。起初，白发阿娥只是抹灰尘，对玻璃底下的照片视而不见，仿佛它们是一种墙纸或桌布的花纹，只不过特别一点。渐渐地，她才去看看，而且愈看愈仔细。一个人在照相馆里，没有人说话，没有扭开收音机，她就看照片来打发时间。

有的照片是黑白的，有少数彩色，尺寸都不同，有的横，有的直，有的全身，有的半身，有的独自一个，有的一整群。有几幅是同一个肥胖的婴儿，或仰或俯，都不穿衣服，白白胖胖。白发阿娥生过五个子女，一个孩子也没有拍过这种裸体照。那时候，生活艰苦，主要是应付一日三餐，哪有闲钱拍照。而且，婴儿都瘦瘦的，别着了凉，还得花钱看大夫。婴儿不过是小猪小狗，拍什么照。

有几幅是全家福照，一家十口八口人，老先生老太太、儿媳女婿、孙儿孙女，各人的脸面都看不清楚，照片都黄黄的，像鸡皮纸。白发阿娥没有拍过全家福，没有三代同堂的照片，有的都是二代，或是她和父母，或是她和丈夫与子女，都已经是很遥远的事。她最喜欢的一幅照片是和两名子女一齐的合照，孩子都才六七岁。她穿着长及脚踝的丝绒夹旗袍，头发都梳到脑后，还戴金丝眼镜，穿粗高跟猄皮鞋，披一件短身绒夹克，狗牙花纹，料子是外国货。身边的孩子，都穿皮鞋，儿子穿束脚绒长裤，条纹束袖口毛线衣，女儿穿连身毛线裙，裙脚呈波浪纹，还有相配的帽子，都是白发阿娥一手编织的。

　　时间过得多么快，在另外一幅照片里，白发阿娥的头发已经白了，穿的只是短袖子花布衬衫，和一条素色直身半截裙。衣服是自己缝的。丈夫连眉毛也白了。合照的子女，一个穿迷你裙，一个穿喇叭裤。照片是在家中拍的，可以看见电话和沙发，背景是一幅板墙。顶上漏空。整个寓所单位都用板墙分隔成三个小房间，其中两个租了出去。一家人只住在一个房间和骑楼。

　　店内另有一组组照片，属于护照相和学生相。有的穿校服，有的穿白衬衫。全是半身照，正面脸，眼睛朝前看。这些照片都是相同的六幅，并排列在一起。同一个人，重复又重复，有点像孙悟空，拔一束毫毛，吹口气，可以变出许多孙悟空来。在一群孙悟空里，有一个是真身，其他都是替身。但照片呢，全部是假身，即使是底片，也是真人的影像而已。

多么奇怪，白发阿娥住在照相馆里，和这么多假的人生活在一起，他们没有血与肉，不会说话，也没有呼吸，就像……就像灵魂一样，贴在墙上，压在柜台的玻璃下。有时候，连白发阿娥也不知道自己是真还是假，活在一个真的还是假的世界里。

所有这些照片里的人，都是白发阿娥不认识的。有时候，白发阿娥觉得，他们仿佛变得熟悉起来，她已经认得每个人的衣服、发式，坐立的姿势。谁严肃谁宽容，她也知道，这个人是哪个人的妻子，哪个人是这家人的成员。但是，一会儿，白发阿娥又觉得，这些人对她来说，是多么陌生呢，他们是谁？如今，这些人怎样了？住在何处、生活如何？穿着婚纱的少女早该是几个孩子的母亲。那些裸体胖胖的婴孩，早已长成美貌或丑陋的红男绿女。全家福中的儿童变成青少年，年轻人变成中年人，中年人变成老人，老人已经离世。

所有这些人，既熟悉又陌生，有许多直瞪着眼，和白发阿娥的视线接触，仿佛一支支箭刺过来，使她感到有点战栗。所以，当那天大儿子回来时告诉大家，要找房子搬了时，白发阿娥竟不禁感到有点如释重负。到加拿大探亲的照相馆主人，决定移民，下个月会回来，结束这里的生意，租赁的房屋单位将交还屋邨。

这当然不算坏消息。唯一遗憾的是大儿子不会常常回家来探望母亲。自从搬到照相馆来，大儿子几乎每个星期来，因为这里有一间黑房，吸引了这名摄影发烧友。白发阿娥只进过黑房一次，为了开开眼界，被子女拉进去瞧瞧的。黑房的确一片黑，进去后关上门，就伸手不见五指。房内只亮红色的灯，一边是一台很大的机器，曲尺的这一边有水喉、锌盆。一张长桌上有许多盆和盒子，还有一座直立的机器，说是放大机。原来黑黑的底片是放在这机器上，用放大机照着，选定大小的尺寸，投影到显光纸上，要多少张照片就放多少次，然后把放好的纸放进有药液的盆里。

显影是很神奇的工作，白发阿娥称它是"炸油条"，因为程序和炸油条一样。不同的是一个用油和面粉，另一个用药水和纸片。方法太相似了，时间长一点，油条的颜色很深，时间短，颜色就浅。相片也一样，颜色的深浅，端看浸药时间的长短。不过，炸油条是令人欣喜的，两条长长的软柔的面粉卷成螺旋形，一下油锅就膨胀起来，变成香喷喷金黄色可口的食物；冲印相片呢，一个幽幽的人脸从空洞洞的盆子里鬼魅似的显露出来，真令人毛骨悚然呀。所以，白发阿娥不喜欢看冲印照片，黑房她是不愿进去的，也不去抹灰尘。平日关上门，好像也可以把一切阴森森的东西关在里面。

笃笃笃。

一名小女孩敲门进来，说是要拍学生照，因为开学了。白发阿娥对她说，小朋友，对不起，我们的师傅回乡下去了，你到码头那边的照相馆去拍照吧。

二〇〇〇年九月

卷二
其他

解体[1]

1

并没有非常特别的感觉因为那不是感觉而是感应我竟突然显得很充实很丰盈。事实上早在六七十个小时之前我已经陷入昏迷状态而昏迷了的生物不再有任何感觉包括最难忍受的痛楚。我不知道当时我的痛阈达到了第几等的级数而那种痛楚应该是人体所能忍受的极限。当痛楚达到这个阶段个人的躯体奇异地竟会运用最适当的方式来应对而解决的方法即是昏迷但我很痛很痛却仍没有昏迷。

我的朋友都承认我是最能忍受痛楚的人,因为他们见过我牙痛得抱头呻吟仍不去看医生宁愿研碎一颗阿司匹林把层粒塞进龋齿的巨大缝隙也见过我因为肩周炎而无法穿衣或探索口袋且夜晚辗转不能入眠。必定是这类长期养成的坏习惯使我虽然这里痛那里痛仍不去找医生治理认为过一阵身体自有调节的方式必定自然痊愈。我的牙齿后来不是不再疼痛了么而我的肩膊不是因为搬家劳动了两个星期而无疾而终了么。我看我是上得山多终遇着虎了虎呵虎呵这次碰上的猛虎藏匿在我的腹腔。我以为我是闹胃痛因为我的胃也常常痛其实胃痛有什么大不了只要服食阿司匹林就会好。事实是并没有好并

---

[1] 本文为先锋实验小说,标点符号的使用有特殊含义,保留作者原本用法。

且变本加厉地痛得我无法忍受真如掉进了人间的炼狱。

当我不得不去看医生的那段日子一个医生给了我胃药可我的病痛没有稍减另一个医生替我抽样化验得出来的结果证实为癌而且高度严肃地声明属于末期了。癌总是无声无息不痛不痒到你感到疼痛就已经到了末期。任何人都能推测像和谐式客机在空中爆炸虽是悲剧但对于机上的乘客应该没有多少痛苦由于事情发生得太快太突然甚至连惊慌的时间也没有。然而癌症是漫长的折磨因为被侵袭的躯体会愈来愈痛苦而病者完全清醒这清醒会持续一个月一年以至十年。病者看着自己一步一步走向死亡而病者的亲友和医生都在不同的程度上束手无策。

我的胃没有毛病因为出事的是我的胆管而且它已经被扩散形成的恶性肿瘤阻塞无法正常运作。肿瘤太贴近血管所以无法用手术切除这也就是我的体温升高不退的原因那里有战争呵连服两个疗程的抗生素也无法抑制所谓肝胆相照胆管太接近肝脏因此胆管瘤等同肝癌。癌症类别繁多而肝癌难以治疗早已是不争的临床事实同样地肺癌淋巴细胞癌也是如此。

虽然探望我的众多朋友都希望我抖擞意志奋力抗敌而我也有决心好好打一场漂亮的仗但我赤手空拳御林军又节节败退。我一日比一日衰弱起初还能起床走到窗前远眺山水呵呵我这么悠闲正该画一二幅水墨而这真是幻想了。不到三日我已柔弱无力眼皮沉重连说话也感到吃力身上则插了好几条滴管有的为了疏通胆液有的为了输送养料我不再用口进食这时的我实际上已经变成植物了。

由于无法做铲除肿瘤的手术我只能接受化疗大概需六个月的疗程事实上我只接受了一次。第二次的化疗一直没能进行因为我发高烧不退我的白血球数量骤降。无论电疗化疗的杀伤力都很强大而且对所有的细胞一视同仁平等对待因此药力杀死了癌细胞也同时令我的白血球遭殃。白血球的成长速度缓慢癌细胞极快而且它们擅长夺取粮草又有伪装的绝技。这种大兵捉大贼的战争在医生的手中只是一盘棋局而我只觉得体内有异形疯狂噬咬使我无法承受真是痛不欲生。是我不是别人是我提出让我喝吗啡水吧或者我的建议是吗啡针也说不定。不到必要的阶段医生不会替我注射吗啡针因为那将使我一睡不醒。吗啡水相对来说会好一点因为至少可以达到镇痛的效果且使我仍然清醒。的确这样喝了吗啡水后我的痛楚减退了不过后来仍遭无法逃避的命运我还是昏迷了并且昏迷之后不再苏醒。

哲学家恒常被这样的问题困扰：我从哪里来，我到哪里去，我是什么。普通平凡人不能因为哲学家会思想而不敢思想，我如今的看法是：我从大自然来，我仍回大自然去。从生物的角度来看，除了是蛋白质和核酸，我还能是什么呢。当我说我是蛋白质和核酸，我是站在人类长期以来自高自大的立场来说的。相对于万般生物，狐狸或玫瑰，猎豹或郁金香，我们习惯于累积的错觉，自以为是庄严宏伟傲视不群的希腊神殿。其实，我们是与地球开天辟地以来众多微生物共生的一座巴洛克式大厦。在我们的体内，一如牛羊与瘤胃，豌豆与根瘤菌，住满了各式各样多姿多彩神奇古怪聪明能干的微生物，我们的躯体是它们的殖民地。在我的口腔里，鼻管里，肠道里，内内外外没有一处不是它们的寓所。单单是我皮肤的表层就生了四十亿的微生物，头发里尤其多，你们都知道，我有一头披肩的长发，正是微生物最惬意的温润丰足的寄生乐园。

寓居在我们体内的微生物多数是细菌。关于细菌，我们又误读了，把它们和病菌等同。两者不一样。病菌令我们患病；细菌却是我们生命历程中不可或缺的亲密伴侣。我们提供它们粮食和暖窝，它们以维生素 $B_1B_2B_{12}$、维生素 K、生物碱和叶酸回报，彼此扶持，互惠共生。相对而言，对于细胞，我们的态度就像对待宠爱的动物，呵护备至。偏是这些家伙，比如狮子或蛇，忽然发狂反噬，造成极大的伤害。攻陷我躯体的不是病毒或病菌，是细胞，竟是我——自——己——体——内——的——细——胞。

广义来说，我是自戕的。人体内有一千多万亿细胞，种类繁多，有的长定了不再繁殖，有的每天新陈代谢，但它们会平稳调节，维持一定的数目。只有遇上特殊的情况，比如抗原入侵，淋巴细胞才会紧急制造抗体来应对，这是正常的细胞突变。那么，我体内的癌细胞又发起什么神经病来要参与突变的狂野派对呢？大抵是我酒喝多了。我几乎天天喝酒，芬芳的香醇必定对癌细胞充满魅力，使它们兴高采烈地每天举行狂欢节，大吃大嚼，以致发生突变。罗马不是一天建成的,我能够摸到腿上肿起的硬块,就是这棵疯狂的石榴树吗?它们至少需要九年的时间,分裂了三十次才长成这样的规模并且转移。而我一无所知。

我体内是有兵丁的。除了正规的警卫、飞虎队的淋巴细胞,还有特种部队的巨噬细胞、免疫大将T细胞、B细胞。但是,四个巨噬细胞合力才能吃掉一个癌细胞,而繁殖一个巨噬细胞需时两星期,这时的癌细胞,已繁殖了千千万万。得培养多少巨噬细胞才能吃尽敌人呢?白细胞在癌细胞的伪装下也失去了辨别滋事分子面目的能力,因为对手不是病毒或病菌,而是细胞,本是自己兄弟。遂被它们逸去,继续在别的器官霸占食物,拓展领土,飞快繁殖。我的胆管中充满了脓,这是为我壮烈牺牲的英勇御林军,当然,化疗也导致它们大量死亡,是我害了它们的性命。

起初,我不免奇怪,我的基因对这一切何以坐视不理。照说,基因的目的不是为了好好、更好繁衍后代么?而任何细胞疯狂繁殖将导致生命的死亡。大我既去,小我如何继续生存,万物之灵难道比果蝇还要愚蠢?果蝇繁殖过速就会收到指令降低生育率。后来我明白了,任何物种的每一个体,一旦完成了延续下一代的神圣天职,就该壮烈牺牲,所以鲑鱼溯流产卵后随即死亡,雄蜘蛛交配后给黑寡妇做晚餐。以人类而言,过了二十五岁,早已成熟诞生了下一代,应该牺牲小我了。我么?我已结婚生子,合该成为多余的物质。所以,双螺旋中的染色体计准了时间,每分裂一次其端粒就缩短一截，而癌细胞的功用，正是基因的设计，到了适当的时刻，启动遗传密码中储备待发的死亡激素，发动一场轰轰烈烈的内战。袋獾或鸢尾花，海狸或雪杉，我们就一起合唱天鹅之歌吧。

2

如果你是听众，我是叙述者，从第一句话开始，我在叙述一件事，我用第一人称来向你叙述。你所了解的叙述者可是一位患上癌症最终死亡的病者？是的，叙述者的确是他，可是，并不完全是他，因为他在一开始就断了气，叙述的"我"，是与他共生的"物体"。我已经说过了，一个人有如一艘诺亚方舟，躯体内寄寓了千千万万的微生物，彼此互惠共生。我和我的躯体也是共生的。但我和他并不完全相等，他是我的宿主，我是寄居者。但我不是细菌，不是微生物，不是生物意义上的物质。

我在叙述的故事关于死亡。无论东方或西方的宗教都告诉我们人有灵魂，究竟灵魂寓居于人的躯体之内还是躯体之外？当一个人的躯体死亡了，灵魂又到哪里去了？我是不大相信幽灵和鬼魂的，天堂或炼狱，梵天或黄泉，有时太具体，有时太抽象。我说过了，我只是蛋白质和核酸，但我相信，除了蛋白质和核酸外，必定还有其他属于人的本质的东西，而人的躯体才仅仅只是蛋白质和核酸。一个人的思维、精神、意志、梦想、爱与慈悲，难道也是蛋白质和核酸?

我喜欢绘画,选读过艺术系的课程,所以也看过一些美术作品。如今回想起来,浮在我脑际的图画竟大多数是中世纪及文艺复兴时期的作品,最特别的地方不是什么定点透视,而是一众圣者的头顶都有一圈光环。画家不是生物学家,前辈们对光环的象征也只停留在宗教意义的层面,但广义而言,他们已是科学家了。比如西蒙尼,他的《在教堂中找到耶稣》(Christ Discovered in the Temple)是《圣经》题材的一个画面,依循宗教意义的诠释画法,他也给约瑟、玛利亚和耶稣的头上加了光环。这些光环,或者说是光晕,像一个个太阳似的,贴在人头的背后。并且用金箔绘涂,真像太阳亮出放射的光芒。想想看,除了蛋白质和核酸,人还有光辉灿烂的质量,画家懂得用独特的表达法把这质量显示出来。

达·芬奇和米开朗基罗不画光环,他们集中于画可见可触真实的希腊式人体,但拉斐尔的画仍和神灵互相融洽,还有波蒂采尼,他们画的玛利亚,头顶上也有光环。那光环和西蒙尼画的不同,并不画在整个头的背后,把头颅团团围住,而是轻盈地升上头顶,斜斜地浮在发上。真是神奇,光环的颜色暗暗的,薄如蝉纱,没有放射的光线,而是一圈一圈的线纹,可不是一片光盘?

我一向相信,我们每一个人,也都有一层薄薄的光笼罩着整个躯体,尤其在头颅四周,但是,这层特殊的"物体"既无颜色、气味,又没有形象,不为我们所见所知。而我,就是这一种"物体"。我到底是什么呢？或者这样说吧，我是"第四状态物质"。一切物体，具有三种我们常见的状态，即液体、固体和气体。躺在病榻上断了气的躯体是固体，那体内曾经顺畅地流动的活血和淋巴是液体，而呼吸或者臭屁则是气体。我不属于它们的范畴，我不是固体、液体，也不是气体，我是环绕在躯体四周特别是头颅附近一层薄薄的物质。因为没有正式名称，我称自己为能体。我是一种微能量，看不见，摸不着。如果有方法看得见，必定像冷光；有方法摸得着，必定像静电。

所以，我和我的躯体是共生的，就像我体内的细胞和细菌互惠共生。当我说我的时候，有时只是躯体的我在说话，有时就是我这个能体在叙述，我们有时合而为一，有时彼此独立发言，既合又分，既离又连。多么奇异的共生体。事实上，宇宙间没有什么是孤立的，一切都是共生的。人与上帝何尝不是如此。没有了人，上帝有何意义。诗人就曾这样兴叹：神呵，没有了我，你将如何？

血液在人体内运行一周需时三秒。当我的脉动停顿，嘀嗒、嘀嗒、嘀嗒，三秒，于是我的呼吸由于缺氧而静止。医生当场宣布我死亡。你们则是看到心电图上蠕动的白点忽然凝定，也听不到我规律如钟摆而且沉重的呼吸才喊叫起来，呼唤我的名字和亲属的称号。即使宣告了我的死亡，其实，我还没有完完全全地死去。我的躯体还是温暖的，我的肌肤仍然柔软，你不是紧握我的手还感到我的余温？死亡的讯息在我体内传遍需要几小时，甚至几天。因此，我的肠道还在蠕动，胰脏还在忠于职守地量称葡萄糖，肝脏这个化学库继续解毒，而我的大脑里残留记忆的纹迹。体内的血液虽然不再流动，还不曾干涸成为固体。细胞中的流质如常滋润着无数微生物，它们仍在大吃大喝，繁殖分裂。不过，它们的确受到了一些障碍。首先是四周的温度飞速下降，这使它们活动的能力减缓，并且促使它们进入休眠的状态，懒于工作；其次，一种特殊的液体大量涌入躯体，替代了原来的血液。那是防腐剂。血液被抽走了，输入体内的是防腐剂。

我的躯体变成一件 E_2 的制品了。超级市场内的食品，其中的添加剂均以 E 为代号。E_1 是颜料：绿色素加进罐装豌豆内，胡萝卜色素加进牛油内，日落红、花红粉，已被禁用。E_2 是防腐剂，含钠或钾的亚硝酸盐和硝酸盐能保持肉质的鲜艳，防止食物产生毒素。山梨酸防止霉菌，安息香酸防止细菌和真菌活动。我的躯体无须保持颜色美丽，所以不添加色素，但需注入防腐剂抑制微生物并消灭细菌，免我腐化变形。为了同样的理由，躯体安置在冰冻的冷藏库中。倒霉的只是微生物。我比较超然物外，因为我既不是细菌，又不是微生物，不受冷冻的影响，防腐剂对我更毫无作用。我仍环绕在大脑的外壁，对于我来说，大脑是磁石，我是铁屑。数十年来，我紧紧依附在头颅外，体积不太大，能量不太强，大脑和我之间是透过电波传递信息的，这一点和神经或其他细胞都不同。神经细胞借枝丫般四散伸展的树突捕捉信息传给大脑，一般的细胞都有可以启动离子通道的钥匙，控制细胞膜内外离子的数量：多少钾离子渗透进内，多少钠离子被阻挡在外，达到一定的平衡，靠的是"渗透压力"，我和它们都不同，无须通道，只靠电波。

也许因为我的躯体死亡了，在弥留的最后一刻，大脑中的思维和记忆，透过电波，源源不绝向我涌至，我是在一瞬间突然强大起来的。当然，所有的感情、爱或遗憾、幻想或记忆，都不是我本有的，而为我的宿主所有，是他在回忆他的过往和当前的生活细节，辨识亲人和朋友，仿佛一幕幕时而中断时而连续的电影。这一切，将来必有发达的科学将它们转录复制为磁盘。

物质不生不灭。不生不灭的只是物质，物质是分子、原子、质子、中子、电子。人的爱呢，慈悲呢，梦想呢，思念呢？因为不是物质，既有生，也有灭。我是从头脑中衍生出来的东西，我不是物质，所以有生也有灭。你听见鸿毛飘浮的声音吗？你听见泡沫飞坠的声音吗？你听见涟漪扩散消亡的声音吗？人的躯体是一个过渡的载体，载着生命的遗传密码，载着像我这样的能体，在历史的长河中不断演变更新蜕化。载体像船，把所载之物运送到达目的地，交给新的载体继续前航。青蛙的载体最初是卵，然后是蝌蚪，最后才是青蛙；蝴蝶的载体也经过卵、毛虫、蛹和成虫的四个阶段，每次的载体形状、功能都不同。人类何以例外？太阳将在五十亿年后爆亡，人类必须航向新的太阳系才能延续物种，目前的载体就必须蜕化更新。在未来的日子里，我们不再拥有如今的躯体，躯体有何意义，该珍惜的是我们的思维。那时候，我们将有经基因改造过的新载体，由这无躯体思维，航向宇宙的星河。我们的思维才是永生的，让我们不要哀伤。

3

我是有感觉的，正确地说，我有感应。我和我的躯体不同，一般来说，躯体有五种感觉，视觉、味觉、听觉、嗅觉和触觉，或者加上第六感觉。事实上，即使躯体，它的感觉也远不止这些。我是属于第七类感觉，主要是感应，用的是和细胞完全不同的传导方式。我没有神经细胞的树突，没有一般细胞的细胞膜、细胞核、细胞质、粒线体、核糖体，更没有高尔基体、中心粒、内质网、核仁等等等等的东西。既没有膜，所以没有形状。水也没有形状，水的形状是载体的形状，我也不是水。比较起来，我近似烟雾和光线，但我又无颜色和明暗。这些我一点儿也不介意，最大的遗憾是我没有基因，也即没有遗传密码。一个人从小受教育，读了许多书，获得大量知识，又能思维，一旦躯体死去，思维也同样消灭了。如果有基因，就能遗传给下一代，人类的智慧和本能还不知有多大的进展。当然我也不排除会有负面的影响，子子孙孙拥有祖先累积的智能和知识当然可喜，可是承继了大量先人的坏情绪、痛苦记忆、臭脾气又将造成多大的灾害。

我到底是什么呢？我是没有生命的感官？大抵我只是一团、一层虚无缥缈的传感器，以自己的方式感应，靠的也许是微波，也许是磁场。目前，我感应到光。在一段不长不短的时间里，我几乎完全处于无光之中，而且四周狭窄局促，如果我是蝙蝠，我当知道在这很小的空间中完全不可能飞行。如果我是长脚蚊，在这极冷极冻的地方未免活动艰难，而且无血可吸，若是吸了防腐剂，我会把自己暂时变成标本。光亮又来了，感到光的同时，我也感到空气的流动，四周与我的距离突然拉远。我还感到躯体内的微生物渐渐苏醒，从呆滞休眠的状态恢复了活力。它们打哈欠，伸展伪足、蠕动起来，然后欢天喜地又大吃大嚼起来。必定是防腐剂的药力减退了，必定是外界的温度已回升。

细菌是不易灭绝的。厌氧菌不需要空气，嗜寒菌不怕冷，嗜热菌不怕煮，嗜酸菌不怕醋，嗜咸菌不怕盐。适者生存。细菌不但适应力强，还足智多谋，因此又是智者生存。它们再忙碌也没有了，口腔内的细菌又开始腐蚀我的牙齿，蚀出一个个黑黑的洞穴；大肠杆菌、抗酸菌在皱褶的肠壁玩过山车的游戏，只要给它们足够的时间，微生物准会把我的躯体吃得连壳也不剩。

我是靠感应生存的。我仍然依附在躯体的边缘。我的皮囊已经干涩了许多。肌肉的蛋白质萎缩了，关节不能挪动，也没有任何温度。我的骨髓中央部分本来是柔软的，那里是造血的作坊，如今也已坚硬。我的脸面，经过一层仪式的化妆，涂抹了脂粉，即使我是美术工作者，最后的面谱，仍得由一个陌生的人替我执笔。师范大学的艺术系没有化妆这一科，艺术史家、画评家也不曾为这种化妆写评语。这些责任就交给人类学家去书写了。

我躯体的外壳显得异乎寻常地平静，但内部愈来愈活泼了，微生物在这巨大的机体上吃食，把肠子、胃囊、心房心室、肺叶，还原为元素中的氢、磷、钾……还冒出硫的气味。当然，它们也咬嚼脑叶、脑干，左脑右脑，它们当然没有能力吞食我，但对我也造成一定的伤害，因为脑之不存，我也难以附焉了。幸而它们微小，脑的体积甚大，我只是有点离心的感觉，信息也受到点干扰。相对来说，我反而变得自由了，仿佛一种万有引力松懈了，头脑的吸力放宽了，风筝的线段放长了，我奇异地变得愈来愈轻，可以离开头颅，浮得更高，飘得更远。当然，头脑与我还是相连的，就像莲藕的丝，断断续续地牵绊着，完全是一种遥控的情况，我像风筝一样在空中悬浮，飘动。

我在空中飘浮，移动，从辐射的电波感应，我意识到这是一间空荡荡的大室，我的躯体就在我的附近，他必定是仰卧的，表面上无声无息。我意识到一块巨大的玻璃面，极大极大，比窗子大，比门扇大，几乎是一道高墙，把一个大室分隔为两半。奇怪，我能穿逾玻璃，从门道飘出去，经过走廊，转入另一空间。从折射的波段来推测，这是一间更大的内室，而不是户外，因为除了墙壁，还有天花和地板，这么大的内室显然是厅堂，而且不是一般的厅堂，只有要汇聚许多人的厅堂才建成这样的规模,例如:礼堂。

我意识到许多相似的物体,借着回旋的波段,我可以辨别物体的位置和类别,有的移动,有的静止。一类是硬件,大概是桌椅、家具摆设;另一类是软件,和我宿主的躯体相同,但他们是柔软、温暖的,其中一类比较湿润多丫,还有芬芳的气味,这些应该是花朵,而且相当多。不同的物体,前者有线粒体,后者有叶绿素。带线粒体的躯体,必定是我宿主的朋友,特来为我的躯体送行。呵,送你,送你,看板桥一夜之多霜。呵,看我,看我,挥一挥衣袖,不带走一片云彩。

我没有视觉,看不见众人的颜面。我也没有听觉,听不见众人的话语。但我感应到不同的波段,有些十分特别,分外熟悉。是由于在医院中病榻旁长期逗留的缘故吗?这一波段应该属于我的儿子,他如今天天穿着白衬衫打着领带上班去,教授说他在大学的几年里成绩不错,他读的是计算机。这一波段当然属于我的另一个儿子,他有和我一样长的头发,梳了马尾。十足十的波希米亚人,他学画,素描不错;文字也不差,像他母亲。我还记得当他仍是婴孩时母亲抱他的样子,日子过得多快呵。

你的波段我最熟悉,和别的人都不同。我的两个孩子,有不同的母亲,不是你。我结过两次婚,结果是,我爱的妻子不爱我了。请不要在我的面前批评我的妻子;我不爱的妻子缠绕我如一条蛇,请不要在我的孩子面前批评他们的母亲。她们的波段在我的记忆中已经不深。只有你，你是我的红颜知己。是你在我的病榻旁日夜与我相伴，最后是你执着我的手。我是什么人呢，值得你对我如此关怀与呵护。

这么多的朋友来为我送行，怎不喝酒呢，怎不摆龙门阵呢，是的，我喜欢热闹的气氛。干杯，干杯，我这一生没有什么遗憾是不是？过的也算是欢乐自由的日子。咦，你们的脑波也传到我这里来了。你说什么？说我该留下一份遗嘱？如果我会留下遗嘱，我也不会是个如此潇洒自在或者杂乱无章的人了。一切听其自然吧。你说什么？和我一样，迟早也将成为远行者。我们到底到世界上来为了什么？比起蚂蚁和蜜蜂，我们的生命岂不是有趣得多？我们有达·芬奇那样的画、莫扎特那样的音乐、阿尔罕布拉那样的建筑，这些美好的事物都是对无奈的人生的补偿，何况，我们还有爱与慈悲。你说什么？面对生命的归宿，应该是智者不惑，仁者不忧，勇者不惧。说得好，干杯，干杯。你说什么？关于生命，生命的意义是留下印迹。在这方面，我家的猫咪最能实践这样的理想，它们每天留下许多长长短短的彩色毛团。是的是的，干杯，干杯。你说什么？关于人的精神、思维，那是永恒的，爱也是如此，生命必定有它的意义，我们只是夏虫，如何语冰。你说什么？让我们栽植自己的花园吧。你什么也不说，不说也是一种姿态，相对无言亦好。干杯干杯，谢谢大家来为我送行，桃花潭水深千尺，忽闻江上踏歌声。

4

我感到有点溃散,不能集中。这是指我的能量体积。有一阵子,我是突然强大起来的,显得非常充盈与实在。没有人看得见我,我也看不见我自己,但我以为,如果我有形体,那时候的我必定像一个膨胀了的气球,当然是氢气球。但现在,我又萎缩了,以同样的比喻来形容,我变成了一个泄了气的球。我能够突然强大,又突然收缩,都受到宿主躯体状态的影响。我膨胀,是因为我的躯体中许多细胞一点一点地死亡了,头脑把它的波段全传递给我;如今我萎靡了,必是因为他们把我的躯体焚化了。于是,我的宿主变成了一堆骨灰。我的躯体没有了手,没有了脚,没有了躯干,当然,也没有了头颅。至于我,最后的一点至关重要,既然没有了头颅,也就没有了脑,而我,我——是——依——附——头——脑——生——存——的。

那些细胞是多么失望呢,尤其是癌细胞,它们每天大吃大嚼,迁徙,占地称王,飞速繁殖,昂昂然走向灭亡,它们的势力愈强大,走向灭亡的时刻愈接近。它们也是在自杀。结果正是非常确实的,我们一起同归于尽。每日的狂野派对结束了,狂欢节终于落幕了。医学界不断在研究战胜癌细胞的方法,新设想层出不穷,比如"木马屠城"法,就像希腊人攻城的办法,把药物放在医学的木马中,运送入人体,到了癌细胞的阵地,让木马中的军兵出来和敌人对阵；又有"远程炮弹"法，也是把药物制成炮弹，输送到癌肿的基地，然后在体外遥控引爆。方法都不错，至少针对癌细胞来发难，避免因电疗、化疗殃及池鱼。当然，一切仍在实验的阶段，而且对于末期的癌肿，既已扩散到数以十、百计，几枚炮弹的收效也不大，仍得采取焦土政策，把战场夷为平地。医生们都明白，要克制癌细胞的增长，最简单的方法是断绝供应它们的营养和食粮。我做到了。是我把躯体内的癌细胞通通杀死的，是我终止了它们的营养和食粮。我付出的代价就是死。我们一起死。这却连累了我躯体内所有其他忠心耿耿的御林军，以及那许多自我有生命以来与我共生的微生物，让它们经过一场火浴，化为凤凰。

我体内的细菌有多少壮烈牺牲了？然而，细菌自有细菌的才能。水里来，火里去，只要有机的物质一丝尚存，无论变成什么形态，仍是它们的寓所，哪怕是骨灰。我的躯体消失了，只剩下一坛骨灰，镇锁在封密的云石容器里，看似永恒，其实也只是瞬间。既然如今少了空气，微生物不无遗憾，且冬眠一个时期吧。至于我的躯体的其他部分，骨头的灰和木头的灰，都变成有机废料。从来没有人询问，这些废料最后的落脚处在哪里？在堆填区、在荒野、在农田，还是变成猪或鸡的粮食、花肥？大抵是回归故土了，经过日照雨淋，透过微生物的协助，化为肥沃的泥土。

如果我真的留下遗嘱，也许该说的会是让我的骨灰洒向江湖四海，或者僻远的山野。灰蒙蒙一片真干净。这样子，微生物定必举手举脚赞成，我的躯体可以让它们埋首工作多少日子呵。如今却给焚化了。我和微生物同样感到失落，火化数十分钟，我的躯体顿时消失了，我也忽然缺少了依附的头颅。

据说，天使栖息的地方是教堂的尖顶，如果教堂倾塌了，天使将无处安息。我也是这样，没有了宿主的头颅，我也没有了归属。我愈来愈轻，愈来愈溃散。我像细胞和微生物，也在分裂，不过方式完全不同，有些分裂是倍增的，一变二，二变四，我却是减数分裂，愈分愈少。准确地说，我不是在分裂，只是分散。我的这一部分、那一部分离去了，消失了，融入空中，回归大自然。我像烈日下的雪人，融化了，融化了……

我不时想起，乡下的那座房子。不错的，房子，我每次回去，花不少时间和心思，一点一点，看着它建起来。我想得太幸福了，当我退休，就回去，在那里，画画。郊外的荒地，可以开辟为园圃，就像我们，早一阵住的，旧楼，有宽阔的长露台，种许多盆栽，让猫咪出来散步。我是可以画画的，这些年来，总抽不出时间，有时又缺乏空间，总是为了生活而工作，画插图，画布景，就是没有画，自己想画的大面积的画，那些小小的、用金银纸画的东西，只是游戏。在乡下建了房子，我该住在那里，收拾放荡的身心，画点画。

我的确该退休了，孩子都已长大，可以照顾自己。奇怪，社会忽然转了型，快得令我们这一辈，难以适应。出版的书本，不需要插画了；报纸也不需要，文章的版头；报纸根本，不需要文章，都是图片、图片、图片；拍电影也不需要画布景。我想，我的工作，已遭淘汰，计算机握杀了，我谋生的饭碗。整整半年，我是，失业的。这就是被逼退休了。退休，我既无退休金，也没有公积金。我想得太浪漫了，回乡去画画？回乡下我还必须想办法吃饭。不过，我又想，既然梵高，没有工作也能画画，活下去，我也可以，何况我还有一座房子，不必进疯人院。

但绘画，到底是什么呢？为什么一定得绘画？绘画，有何意义？许多年来，我喝酒的日子多，画画的日子少，或者，主要的原因不是我懒，抽不出时间。我是有时间的，我上班工作的时间，远不及我玩游戏机的时间，也不及我喝酒、无所事事、闲坐的时间。绘画的地点、光线、画具也不成问题。正确地说，我没有动笔绘画，是因为我一直在思考绘画的问题。画什么，如何画？基本功夫，可以在美术系学得，也可自修，可是懂得了，画画的技巧，有什么用，画什么，怎样继续下去才是问题。我喜欢画水墨，但中国水墨已经无以为继。我国的山水即使依旧，水墨画已山穷水尽，仿佛生命已经到了最后的驿站，除了变革，只有死亡。这是我没有动笔的主要原因，用金银纸，画东西，的确是游戏，但纸的模样仍是崭新的面貌。回到乡下，我也没有把握定能画出什么来，重复自己早已做过、实验过的方向，不是我的理想。人的一生也只能做很少的事情。

新搬的家，我只住了不到一个星期。我不能，回去了。我的凝聚力，不允许我，集中飘到那么远。但那里仍有一点儿的我，我的残余的气味。那么微弱，那么稀薄，甚至你，我的红颜知己，也无法，捕捉。也许，偶然吧，在冬日，某一个静寂的，晚上，你会在，棉被的折缝中，忽然，与之邂逅，而感到惊讶。你不要，流泪，我不允许你，哀伤。

只有它们，我所喜爱的猫儿，凭借，天赋的、敏锐的嗅觉，可以，从众多，混杂的，气味中，依然，辨识到，我的存在。小小的，脑子里，也许，奇怪，这特殊而又熟悉的气味，为何，没有，相连的，形体，而且愈来愈淡，难以，追寻。几个星期，之后，再也无法捕捉。那么，我就，完完，全全地，形、神……俱……散……了。

有一种力在吸引我把我吸向不同的方向左上角的力吸去我左边的一部分右下角的力吸去我右边的一部分我的上上下下前前后后也是如此我不知道它们各自的归宿只见它们随风而逝我变得愈来愈细小也愈来愈微弱吸引力使我不再稳稳地悬浮自由飘动而是导我向一个特定的方向移去我感到如鸟的飞行如鱼的潜泳我将到哪里去大象或雏菊珊瑚或蝾螈你听到冥河流水沉默的声音吗你听见黑洞吸纳旋转的回声吗我飞过田畦和溪涧我飘到郊外的山谷我看见遍地百合花我朝其中一个喇叭形的漏斗花瓣隧道一直飞去飞进去飞进去多么长的隧道呵多么绿多么芬芳多么温柔。

二〇〇〇年十一月

创世记

1

翻译是多么困难的工作。试试翻阅《圣经》的原著，就会见到那么一堆文字：好像汉语古籍，既不分节，无标点，也没有大写；俨如符号的迷宫。我们因此再不会奇怪，《圣经》译本之多，除了古本、钦定本、修订本、新版本不断出现，仍然充满争议。传递神的讯息、意旨，固然是没完没了的工作，直到地老天荒。而讯息、意旨本身，该如何理解，原来也人言人殊。若是由你来译，你会译成怎样？例如《创世记》开卷的句子，以一字对一字直译，该怎样句读？（当然，原文是由右至左排列的。）下面是浸宣出版社的版本：

起初　他创造　艾罗伊姆　诸天　与　地　且地　地是无形　且空虚　且黑暗

在上　表面　深渊　且的灵　艾罗伊姆　覆盖　在上　表面　诸水

共二十个字，真像中国语文试卷上"重组句子"的考题，要考生把打乱了的字词重新组成有意义、合文法的句子。哪里是句头，何处是句尾，标点又放在什么位置，该用逗号、分号还是句号？端的难为译者了。何况，字词往往有多重歧义，甲义可能，乙义可以，丙义也不能排除；有时又语带相关。更重要的是，主宰字词背后的，是那一套特定时空的文化。所以，真磨得人满头白发啊。还有那语法的特性，连接词惯于和名词或形容词拼合，就成为怪异的"且地""且黑暗""且的灵"。且个不休。

《创世记》开篇第一章，普及本的中译如下：

起初上帝创造天地。地是空虚混沌，渊面黑暗；上帝的灵运行在水面上。

普及本的英译则是：

In the beginning God created the heavens and the

earth. Now the earth was formless and empty, darkness was over the surface of the deep, and the spirit of God was hovering the waters.

经文共占两节，无论中译或英译，都在第一节，即"上帝创造天地"后下一句号，表示意义完结。因此，这组文字就成为通篇纪事的导言。许多学者指出，它并不是导言，而是时间状语。他们认为，两节经文是不可分拆的完整句子。中国学者吴文辉的译法是这样的（这里只表明标点法）：

在上帝创造天地之始，地是空虚混沌，渊面黑暗；上帝的灵运行在水面。

美国学者罗伯特·阿尔特（Robert Alter）的译文则是：

When God began to create heaven and earth, and the earth then was welter and waste, and darkness over the deep, and God's breath hovering over the waters,

阿氏依书直译，不漏一字，清晰浅显，读来似乎噜苏，经文第二节尾仍用逗号。真是且个不休，没完没了，一连用了五个and。

其实他别有会心，原典的确不停用连接词。如果耐心去读，并且留神细听，就会发现经文的对象，不是"读"者，而是"听"者，与其讨好嘴巴，不如针对耳朵。经文呈现一种特殊的讲故事风格，好像多见世面的长者向年轻听众娓娓讲述过去的传说：从前有一位全能的君王……反复用连接词，就像珠串，每颗珠是一小顿，带出回旋的节奏。你别以为故事就此完了，不，更奇妙的还在后头。

为什么说《创世记》起首的一组文字是时间状语而非完整句子？因为希伯来原文写得很清楚。现依拉丁文拼音（方便阅读）表示如下：

be'resoshith　bara　elohim'eth　hashashamayim
在　开始　（他）创造了　神　　诸天
ve'eth　ha'arets
和　　地

第一个字 be'resoshith 的"resoshith"，意思是开端，"be"是前缀的前置词，意思是"在"。因此，时间状语实是"在神创造天地的时候"（不译"开始"较好，因为那时的宇宙尚无时间，何来始末）。

时间状语中共有三个名词、一个动词、两个冠词和一个连接词。名词是：

shamayim　天（前有众数冠词 hasha 相连，故成 hasha-shamayim）

arets　地（前有单数冠词 ha 相连，故成 ha'arets）

elohim　艾罗伊姆（神名）

动词是：

bara　创造（过去式第三人称阳性单数）

连接词是：

ve　和

eth　是限定直接受词（direct object）的指示词

值得注意的是 elohim，在希伯来文中凡缀尾为"im"的名词，是指众数。因此，elohim 应为众神。同样，shamayim 是诸天。如此一来，开天辟地的就可能不是单独一个神，而是众神。

可问题又来了：和 elohim 相连的是单数动词。那么，神显然又只是一位了。原来，在希伯来的语法学上，elohim 一字虽为复数，但在三类特殊情况下可作单数用：

1. 抽象概念复数；

2. 集合概念复数；

3. 显赫复数。

这里只提有关的第三项。所谓显赫复数，是指伟大、庄严、至高无上之名。例如 yerushalayim（耶路撒冷），虽然字尾有"im"，但名城在犹太人心目中是伟大、庄严、至高无上、独一无二的。神 elohim 当然列入显赫复数的范畴，所以可以带 bara 单数动词。希伯来文又有一特色：人名、地名，都不用大写（本无大写字，和中文一样）。因此，elohim 和 yerushalayim 都用小写，有别于英文、法文等。

然而语法归语法，纪事还纪事。到底创世的是独一的神还是众神，只要阅读纪事稍后的章节，我们就会碰上造物主说出这样的话：我们要照我们的形象，按我们的样式造人。显然，当时在场的必定不止一位神，而是众神，众神之外，或者还有天使。因为创造天地时，神没有造过神和天使，他们想必是已有的，在创世之先存在。

犹太史籍告诉我们，这民族本是多神崇拜。即使是至高无上的神，也有不同的名字，有时名艾罗伊姆，有时名萨带（shaddy），有时名艾尔伊安（ehlyon），但后来，其他的神名渐渐消隐，才归于一体。

创造天地时的总指挥，似是一位本名 yhwh 的神。希伯来文只有辅音，没有元音，后来渐渐演变成加上元音的 yahve（耶威），再演变为固定的 yahveh，或 yehova（耶和华）。所以，其代名词是 elohim，有时候还合起来，成为 yehova elohim，以分别其他的神。

创造天地时，神的名字只是艾罗伊姆，到了创造伊甸园，才出现耶和华的名字。其中的分别，当然是由于原始的数据源自不同的底本。称 elohim 的是 D 稿（即申典）。

从 bara 这个字来推测，既是阳性第三人称，那么，神可会是男性？其他众神的性别，不得而知。撒旦本是天使，天使没有性别。可是，也不一定这样看，例如法文中的 la table，用阴性冠词，但桌子却不是女性。

至于当时的"我们"，是三位（那时还没有圣父圣子圣灵三位一体的概念）、十位、百位？文字没有记载。奇怪的是，这些神似乎只是旁观者，乖乖地站在一旁，或四周？全部默默不语，无一发言，也无一正式露面。众神都成隐含的角色。天使则身份低微，只比人类稍高而已，只合在大业功成时才齐唱赞歌。

神是无始无终，自有永有的。除了神是本有外，创造天地时，宇宙中亦存有若干物质，即深渊和水。（有水，不就有了氢和氧？）此外，另有黑暗，这些不是神创造的，而是本有的。

文献的记载者，从全知角度叙事，该是无处不在的现场目击者。也许是众神之一，是神的史官或书记，一如埃及的书记神图特。也许，记录创世的只是一名小天使，这名书记没有详述宇宙和创造的细节，恐怕是力所不逮，因为一切黑暗。小天使没有神及大天使的超视目力。这些，岂会不在全知的创造者预计之内？而对讯息、意旨的误译、错传，岂会不在计算之内？然则，当我们说这是唯一的真理时，岂非暴露了自己的无知？

宇宙虽然混茫黑暗，可神却是光璨无比。《旧约·诗篇》中就有所罗门的赞歌：耶和华我的上帝呵，你为至大，你以尊严为衣服，披上亮光，如披外袍。神如此璨亮耀目，小天使就看不清楚创世的细节了吧。

光亮无比的神在黑暗之中深渊外缘水面之上开创了天地，经文说：

veha'arets　hayetha　thouh　vabhohu
且地　　　　之上　　　无形　　且虚空
vehhoshek　'al-pene　thehom
且黑暗　　　上面　　　深渊
veruahh　elohim　merahhepheth　'al-pene
且的灵　　神　　　运行　　　　　上面
hammayim
诸水

从上述经文，可以了解希伯来文语法的特式，例如：

连接词 ve、va（和，而，且，与，及，and）和名词前缀相连合成一字，即 veha'arets（and the earth，地），vabhohu（and empty, formless，乌有、无形），vehhoshek（and darkness，黑暗），veruahh（and spirit，灵、风）。

定冠词 ha、he（the）和名词或形容词前缀相连合成一词，即 hammayim（the waters，诸水）。希伯来文没有冠词 a、an。

连接词 ve，定冠词 ha，和名词前缀相连，合成一字，即 veha'arets。

水是大自然重要的元素，天地创造就从水滥觞。水也是带"im"字尾的名词，即众数。宇宙中的水，因此是众水。这些水，可不是河湖、溪涧、沼泽、海洋，大抵是水气，是云，是雾，虚无缥缈地结聚成群，中心无物，边缘无尽，只是混沌。所谓"地"，也不是陆地，只是浮尘灰沙。

神是全能者，只需用一句神谕，由口说出，就可如魔术棒般点铁石成金，把南瓜变成马车，从空无中创生万物。语言是绝对的权力。但神在创造天地时，却采用了凡俗的方法，利用原始物质的水。神在这水面上"运行神的灵"。ruahh 亦是风的意思。似乎，神是在水面上扇动旋风。《圣经》中多次描述神在旋风中显现。merahhepheth 亦是覆盖、盘旋的意思。似乎，神是如禽鸟般孵在水面，有如孵育巨大神奇充满原生质的蛋。

大天使拉斐尔对创世的细节，看得比小天使书记清楚。所以，他可以在《失乐园》中对亚当说：

> 天神的灵张翅膀，孵覆在
> 平静的水面上，注进了
> 生命的力和生命的暖气

原文是这样的：

> ……; but on the watery calm
> His brooding wings the Spirit of God outspread
> And vital virtue infused, and vital warmth

弥尔顿的诗写得有文采，朱维之的译笔也配对。神孵覆在水面上，发生了什么？注进了生命的力和暖气。天使是有翼的，一般的天使有双翼，有些天使如基路伯有六翼，其翼常常覆盖整个身体，静立时有如蝙蝠。守卫伊甸园生命树的正是六翼天使。神有翼吗？神无待而游于无穷，根本不需要翼，《诗篇》中就有文字记载：用云彩的车辇，借着风而行。大抵神的风旋动时有如鼓翼。

总括《创世记》起首的句子，大抵是这样的意思：

在诸神或艾罗伊姆神创造诸天和地之时，地是空虚无形，深渊外缘黑暗；

神的风翼孵育在水面上。

2

上帝说，要有光。就有了光。

神用口谕作指令把光呼唤出来，仿佛光本来就隐藏在宇宙中，又像雕刻家从石块中显示他的模型。这段经文逐字对照可译成：且他说——艾罗伊姆——让他有光——而他光了。神是对"他"（即它，希伯来文无中性代名词）下指令的，他，是深渊与水的世界。我们的计算机多么像宇宙，那么无边无际。当我们打开它，面对屏幕，用声控书写法说"要有光"，屏幕上立刻就出现了"要有光"三个字。神的指令岂不像这样？

《新广东话圣经》这样译：上帝话，要有光。光就出现。似乎比"就有了光"传神。这时出现的光不是发光体，而是光源（or）。大概像北极光吧，或者计算机光亮的屏幕只见充盈的光，如幕如帘如罩，却不见光体。这光，神看过觉得满意，就把光暗分别。光和暗是两种不同的状况，可不是实物，不像南瓜，可以一刀切成两半。光暗如何分？抽刀断水水更流，光和水同样难分难解。

大抵在这个时候，由于神曾孵覆在渊面上，深渊受到风的扇动、力的注入，开始旋转起来。凡运动就能摩擦发热发力。广阔的深渊及外缘的水，一起旋转成为球体。当光照在球体正面，就是光面；照在球体背面，就是暗面。光本身是恒久的，不会熄灭。

许多学者（阿尔特是其中之一），把创世经文的首句延续到"神说，要有光"才下句号，似乎有点古怪。但读到神分光暗，顿然明白过来。神是在其风运行在水面之后，立即说，要有光。当时，必定是深渊、水面及地，在神的风力及暖气下，已渐渐旋转起来；神本身的光已在渊面及地上形成光面与暗面，但范围不大；而

卷二 ── 131

且，一旦神离开了，一切将回复黑暗。因此，神立刻呼唤光。因此，神无须分开光暗。光一出现，已经光暗分明。所谓分光暗，只是分名称。神对光称"昼"；对暗他称"夜"。这是神面对创造物命名的典型方式。后来也依从同一模式：对什么称什么；对什么他称什么。特别强调后者的"他称"，使经文产生一种诗的风格：反复回旋。

那是夕暮，那是早晨。一日。经文用"一日"收结初段创造而不是用"第一日"，并且先夕后晨。这可能是依犹太民族对一日的计算法：由日落黄昏至翌日黄昏才算一日。这"一日"应作"是为一日"。神在黑暗中开始创造，或可以说是由夜开始。"一日"又带出另一信息：宇宙本无时间，从此有了。"一日"就是宇宙时间历史的开端。

接着，神创造天了：

> 而他说　神　让他是　穹苍　之间　诸水
> 且让他是　分开　之间　诸水　与诸水
> 于是他造了　神　穹苍
> 而他分开　之间　诸水
> 那水　下面　穹苍　与之间　诸水　那水　上面　穹苍
> 而他是　这样
> 而他称　神　对穹苍　诸天
> 而他是　夕暮　而他是　早晨　日　二

经文一般译成：

> 上帝说：诸水之间要有空气
> 将水分为上下
> 上帝就造出空气
> 将空气以下的水，空气以上的水分开了
> 事就这样成了
> 上帝称空气为天
> 有晚上，有早晨，是第二日

诸水没有秩序，因此神要把水整理，分为上下。那么，上水和下水之间是什么呢？普及本经文译为"空气"。空气能把水分为上下么？空气上的水能悬浮着而不掉下来么？如果可以，下雨又如何解释？还是看看空气的原文是什么：

vayyo'mer　'elohim　yehi　raqia　'bethok　hammayim
而他说　　神　　让那是 空气　 在中间　　 诸水

空气 raqia，源自动词 raqa，是捶打、铺砌、踏跺的意思。看来此字不是指空气。空气是不必花功夫造的吧，可以用神谕呼唤出来就可以了，就像呼唤光一样。分光暗和分诸水却不相同：分光暗只是"分",分后没有新事物出现;分诸水却是"造",出现了所造物。那么,所造物是空气吗?需要捶打、铺砌、踏跺的该是得花费功夫造的实体。许多学者认为,raqia 是穹苍,一个拱形的圆顶。《诗篇》的记载是:铺张穹苍,如铺幔子。这显然是泥水匠的大工程。那是如一张无边无际的巨床,其上展散了极薄、极透明棚幕似的蚊帐。《约伯记》又指出:这穹苍坚硬,如同铸成的镜子。有了坚硬广阔的穹苍,上水就不会掉下来了。

神造穹苍,没有用口谕作指令,而是"造",此处是指铺造,如建筑师设有蓝图,再切实执行。神称穹苍为天。穹苍之上为上水,穹苍之下为下水。

天 shamayim,是诸天。书记天使没说诸天的模样如何,由多少个天合聚,还是若干层天向上迭升。我们这些语冰的夏虫只可借助其他的文献。柏拉图的《理想国》吧,说宇宙有天八重;但丁的《神曲》吧,说天有七层,那些水蒸气、云雾、山岚,只能是属于低天的面貌。《诗篇》吧,说是"天上有门",又讲过:穹隆之上,耶和华"在水中立楼阁的栋梁"。可知天外有天,天上尚有许多域界。后来耶和华惩罚世人,就打开天窗,让天上的水下降四十昼夜,淹没大地,只有诺亚和他的方舟乘客得以幸存。此外,还提到天上已有雹仓、霜露和冰,又有彩云和天虹,甚至有风。神曾对约伯反诘自述:东风从何路分散遍地,谁为雨水分道,谁为雷电开路;雨有父么,露珠是谁生的呢,冰出于谁的胎,天上的霜又是谁生的呢？令人不禁想起，我国屈原二千多年前的杰作《天问》。

开天完成，接着辟地。当时，地的模样，以《新广东话圣经》译得最贴切：大地混蒙，重未（还未）成形。如何成形，成何等形？经文说：

> 而他说　神　让他们是　结聚的　诸水　下　诸天　到处　一
> 且让她露出　那旱地
> 而他是这样
> 而他称　神　对那旱地　陆地
> 而对聚集的　诸水　他称　海
> 且他看　神　其　好

《普及本圣经》这样译：

> 神说：天下的水要聚在一处，旱地露出来。事就这样成了。神称旱地为"地"；称水的聚处为"海"。神看着好的。

这时的地才是 arets，而海则是众海。天使书记的文笔，有如祭师般精简，细节又得在别的篇章中找寻。原来还有许多功夫哩。《诗篇》说：

将地立在根基上，使地永不动摇，用深水遮盖地面，犹如衣裳。诸水高过山岭。你的斥责一发，水便奔逃；你的雷声一发，水便奔流。（诸山升上，诸谷沉下）归你为他所安定之地。

神也自述道：要立大基，要定尺度，要把准绳拉在其上，地的根基安置在何处？地的角石安放在何方？海水冲出，如同胎胞，那时谁将他关闭呢？是我用云彩当海的衣服，用幽暗当包裹他的布，为他定界限。又安门和闩，你只可到这里，不可越过，你狂傲的浪要到此止住。

看来，辟地并不容易，因为水是难以控制的。有了陆地，又有水道，水与地又都好，于是神在同一日造植物，仍用神谕作指令，命陆地自己"发生"出植物来，包括：青草、结种子的菜蔬和结果子的树木，各从其类，果子都包着核。是为头三日。

3

神的创造模式是：

一日　神说要有光　看光是好　分光暗　命名
二日　神说要有空气　神造空气　事成　命名
三日　神说水要聚在一处　事成　命名　看着是好的

  神说地要发生植物　事成　地发生植物　看着是好的

  四日　神说天上要有光体　事成　神造二光体　看着是好的　赐福

  五日　神说水中要有生物和飞鸟　神造大鱼和飞鸟　水滋生动物　看着是好的

  第六日　神说地要生出活物　事成　神造野兽牲畜和爬虫　看着是好的

  神说要造人　神造人　赐福　事成　看着一切甚好

  神在头一日已造了光，怎么又造光了？头一日的光是光源（or），不是光体（ma'or），后几日神再造两个光体，一大一小，又造众星，在天上发光（limoroth），普照（lehair）大地。可惜，天使书记又没有告诉我们神如何造光，因为这次的光，不是用指令呼唤出来，而是"造"出来。是用火为材料吗？必定非常壮观。也许不必另外造光，光早已存在。神造天地之时已造了穹苍，但这大圆顶把光遮住了。既然如此，只要在圆顶上开窗洞就可以了。许多大教堂的圆顶就是漏空的，光线可以透入，照亮内部空间。穹苍上的大天窗成大光体，即日；小光体是月，其他的小光是星。所以天窗要待铺砌了穹苍以后再进行，而且要配合大地发生了植物。

  神先做水中的动物，再做陆上的动物。其中，特别提到"大鱼"，原文是大海兽（tannin）。它究竟是什么东西？有人说是鳄鱼、鲸鱼，有人说是水蛇、水龙。说不定是水恐龙，或者尼斯湖水怪。《诗篇》描述得比较详细：

livyathan　　ze　　yatsareta　　lesahheq-bo
利维坦　　其　　造　　游戏在他／与他

这大海兽又名利维坦（不知是否撒旦），是神造了它在海中游戏的。bo字的本义是：在他、与他。在他，是指大海兽在海（他）中；与他，是指神与他（大海兽）。如属后者，就是神造了大海兽出来与之游戏的。神也爱游戏的吧。永恒存在的神，不愁衣食（不需要），不用上班谋生（不需要），全是闲暇，为何不游戏？那大海兽必定和神游戏惯了，忘记了自己的身份，就自高自大自以为聪明起来。后来，它从水道潜泳到伊甸园去，爬上知善恶树，叫女人吃树上的果子。

神造了大海兽之后，又造了水中的动物和天上的飞鸟。到了第六日，神先造出陆上的野兽、牲畜和爬虫（包括昆虫）。接着，神造人。人和其他动物都不同，因为神照着自己的形象，按自己的样式造人。这时，大地上已有静止的水，神必定看见自己的倒影，或者以其他神的形象和样式为模特儿造人。神造的人没有翅膀，显然神并无翼。可惜天使书记在这重要的大工程上，依旧惜墨如金，没有详细描述，例如：人的肤色是黑是白，头发是棕是赤，人的下巴长不长胡子，等等。我们是多么希望透过人认识神呵。神造人的细节，要等到《伊甸园》才透露出来，相信是另一位天使的续笔了。

创造天地是依循一个框架模式完成的，其中包括几件重复的事件：

  神说话（似是一人）
  下指令
  执行（可能许多神合力工作）
  检查成品
  命名
  赐福

每次创造，神必定说：要有……，是很特别的。想做某事，就做好了。为什么要先说出来？神又不是白痴（对不起），何以自言自语？看来是这样，凡说话总有对象，一端发言，一端收听。当时必定有其他的神在场，神是对其他的神说话。神是在开会讨论创造天地的大计划。每一项目，分日讨论，分日创造，分日完成。很多次，一项建议提出，就有"事就这样成了"。它的意思是否众神赞同了，于是才执行？创造植物、大光和陆上动物都是在"事就这样成了"后才执行，否则的话，还没有造出来，如何"成了"？每次创造完毕，神就看着是好的。（如果不好，是否修改、重造或作废?)最后,一切都很好。对于生物,神都赐福了,却没有命名,尤其是人。

每次创造一物,神总把目的说明:

> 造人是要使他们管理海里的鱼,地上的牲畜和野兽,以及地上一切爬虫。
> 造菜蔬和果子是给人作食物。
> 造光体是要分昼夜,作记号,定节令、日子、年岁。
> 将水聚在一处是要分海和旱地。
> 将水分为上下是要建穹苍,分天地。
> 分光暗是要分昼夜。
> 风灵运行在水面上是要开创天地万物。

看来,神是为人类而创造天地的。那么,神为什么要以人为中心创造天地万物呢?神没有说明。依夏虫的愚见,神是艺术家,而且创造起来,式样不同,多才多艺。只有艺术家才钟情创作。不然的话,达·芬奇何以要废寝忘餐,造那么多飞行的机器?贝多芬聋了还要作曲?梵高要画无人买的画?而普鲁斯特要写《追忆似水年华》?创作是人生的意义。创作也是神生的意义?原来神创造人时,不但赋予人以神的形象和样式,还注入了神的创造精神。

我们总以为自己的作品是最好的,至少,在刚完成时自以为很满意。这成为创作的动力。然后，日子一久，有些人就感觉懊悔，可能由于作品已有了独立的生命，再不受创造者控制；也可能兴趣、想法有变，可是劣作已在世上流传，已无可如何了，为了证明作者未死，只好不断修改旧作，或者索性重新创作。广东话有一句很传神："一代亲，二代表，三代嘴藐藐。"那是形容血缘关系的变化，第一代最密切，第二代就疏淡了，到了第三代，已经反目不识人了。也许，倒用来描述被创造物对于创造者会更恰当。

我们当然不会忘记曾有学者这样解释：在翻译的问题上，神话和诗是两个极端。诗是语言的艺术，一经翻译，就所剩无几了；神话却相反，重要的是意义。所以，无论神话译得多糟，意义总能保留下来；无论如何代代相传，开天辟地的故事，寓意不变。个别文字的诠释，中间细节的增减，都可以由不同的人去钻研、演绎。也许，关于《创世记》，其他都是多余的吧，一句就够了：神创造天地万物。

二〇〇一年十月

失乐园

耶威（yahveh）神在创造（bara）诸天与土地万物之后，又在东方（太阳升起的方向）开辟了一座园子（gan），名为伊甸（eden），意思是"快乐"。啊，全能的园丁。园内流出一道河水及三条支流滋润树木。四河护灌的则是一幅宽坦的平原，也就是古巴比伦语所指的 edinu。

古代名园，除了伊甸，还有波斯人建的帕拉迪苏（paradeisos），后来演绎成公园（park）。主要供欣赏，不能养活人口。公园只是普通的花园，唯有伊甸和帕拉迪苏获得乐园的美称。

耶威神把制造（yatsar）的独人（adham）安放（naha）在乐园中，让他照料（abad）和管理（samar）园中的植物。但乐园的地域宽广，果木繁茂，独人的能力有限。耶威神就造出许多生物来协助（ezar）他，却没有一个配合。于是耶威神另造一个适合的助手，就是女人（ishshah）。啊，全能的建筑师。

当神创造天地，只消说，要有光。就有了光。同样地，土地上要有植物，就有了植物；河流中要有动物，就有了动物。（和伊甸园中所造的动物，方法不一样。）耶威神造人却不是那样。不是说，要有人，就有了人。耶威神是以泥土（adamah），用双手亲自捏出人来。啊，全能的陶匠。而这人，是件艺术品。男人（ish）从泥土来；女人自肋骨（sel），都不是说有就有，更不是无中生有。耶威神让男人沉睡，免得他感到痛苦和害怕。啊，全能的催眠师。耶威神打开男人的肌肉，取出最接近心的一条肋骨，再把肌肉缝合。啊，全能的外科手术师。值得注意的是，耶威神造人，是以自己的形象作模子。和男人一样，伊甸园中的飞鸟和动物也都是用泥土做成。每一次，神总要看过自己的作品，认为是好的，才算完成。

男人不但有神的形象，和神一样，是诗人。当耶威神把女人带到男人面前，他吟咏：

> 这个（z'ot）这次
> 我骨中的骨
> 肉中的肉
> 可以称她为女人
> 是从男人身上取出的这个

伊甸园里生长着各从其类的植物，游淌着永不衰竭的河流。河水并不只是为了灌溉花木，还滋养无数活物。神在陆上造了许多大大小小的四脚兽（hhayyoth）和爬行物（romeseth），又在水中创生了其他活物。其中一物名拉哈百（rahab），是神在芸芸创作里的佳构，早在伊甸园开辟前已经造就，是神特地造了它在水中游玩。

拉哈百是水陆两栖动物，既能爬树，又会潜泳。它的行动迅速，游走时呈曲线形状，有四只脚，形状似龙又似鳄鱼，能说话。它又是利维坦（leviathan），或者巨鱼（tannin），由于变化多端，连独人也无法给它一个固定的名称，一个固定的身份。

伊甸园里长满各式各样的果树，有的色彩明丽，繁花似锦；有的果实累累，芳香醉人。其中最出众的有两棵树：一棵是生命树，另一棵可不也是生命树，而是分善恶的知识树。那生命树并不高大，约莫一个人的高度，模样有点像灌木。树干如同棕榈，笔直朝上，升至顶端，散成一把弧形团团的长叶，活似葵扇。有趣的是树干旁侧伸出众多交缠的枝条，彼此相连，枝条的末梢又绽放出也如扇子般密集的花叶。这些排列得密不透蜂蝶的花簇，围成马蹄状的圆筒，把树干隐藏在内。一年到头，十二个月，结出球果，外披毛刺，色泽灰褐，毫不显眼，一不小心挨上，还会刺痛肌肤。

分善恶的知识树长得较高，枝干也是直立朝上，枝干两侧不再茁长枝条，树叶都聚结顶端，展散如亭亭华盖。春日开白花，初夏结成浆果，一片亮彩的艳红，犹如胭脂，又香郁无比，较醉人的樱桃、疯狂的石榴更迷诱感官。伊甸园中的生物，以拉哈百最聪明（arum）。由于它吃过分善恶的知识树的果子，就有了知识。此前，它也吃过生命树的果子，因此又得永生；而且它的眼睛清亮，男人和女人的双目却相对地比较混沌，仿佛有一层极薄的膜屏蔽着。

夏日的一个黄昏，拉哈百懒洋洋地卧在知识树上过它逍遥的时光,看见男人和女人在附近采集充饥的果子,竟像后世一位为人类偷取了火种的神祇那样,对面前的人心生怜悯。因为人在伊甸园中尽管不愁食物,无忧无虑,却活得如同灰猪褐驴,男人尤其土头土脑,徒具神的形象,毫无神气神韵。拉哈百觉得:人若吃了分善恶的知识树上的果子,就能得到知识,又可分辨善恶,知所判别,一定生活得更有意义;否则,一生一世也只是**蠢物**,空负神的形象。这是它对善恶的理解。

依拉哈百的意思,伊甸园中两棵特别的树的果子,都该让人享用。可这个季节,生命树上的果子还生涩青嫩,没有成熟,何况球果不易直接进食,有待除去外壳、剥去核衣。相反,分善恶的知识树却结果了,浑圆的果实从枝上垂挂下来,正在微风中款摆。耶威神捏造男人的时候,拉哈百在现场,它是目击者;耶威神向男人下禁令时,它也在现场,是耳闻者。然而那时候,女人还没有降生。

于是,拉哈百对离它较近的女人说,虽然神说不可吃所有树上的果子——女人说,园中树上的果子我们可以吃,唯有园中那棵分善恶的知识树上的果子,耶威神曾说,"你们不可吃,也不可摸,免得你们死"。女人根本没有亲耳听过神的命令,她这番话其实是男人向她转述的。转述总是在转述的过程中由于讲述者或接听者之间的种种偏差,漏去了什么或添加了什么。耶威神从来没有说过不可触摸树,也不是说免得你们死。而是说,园中各样树上的果子,你可以随意吃,只是分别善恶树上的果子,你不可吃,因为你吃了，必定死（死，你会死，mot tamut，潜台词：注定要死）。——拉哈百说，你们不一定死。你看，我吃过这树的果子，却没有死。它本来还想说，那边还有棵生命树呐，过两三个星期就熟了，到时吃了，更加不会死。天使都吃过那树上的果子，所以都不会死。叛逆的天使也只是变成魔鬼撒旦，像路西法，不会死。

女人用手触摸树，停了一阵，什么事也没有发生，她也没有死。这时，女人饿了，分善恶的知识树上的果子就在眼前，长得那么好看（lehaskil），悦目（ta'awah），可爱（nehmad），水盈盈，又发散难以躲避的芳香。女人想：这果子吃了就得知识，能分善恶，有何不好。于是伸手摘下几个，吃了。她的眼睛立刻明亮起来，仿如混沌破开，而且立刻有了分辨善恶的知识。

女人看清楚了，男人由泥土塑造，自己呢只是男人的肋骨另造，本是件附属品，身份低微。如今，她吃了分善恶的知识树的果子，独占人类分善恶的知识，立刻提升了地位，因为知识就是权柄。男人没有分善恶的知识，顿时被她比下去了。她已超越了男人，凌驾于那原本的骨肉之躯。

但女人分辨善恶的成果是：知道独占知识就是恶，分享才是善。知识应如阳光，照耀所有人才是。身旁的男人是女人唯一的伴侣，彼此互助而共生，何况，他是多么良好的伴侣，是乐园中唯一和她一模一样双脚直立行走的人，又是天生的诗人。她应该让他也得到分善恶的知识。于是她把手中的果子分给男人，他也吃了。

或者，一切都是拉哈百的错失，它那么聪明，怎么算错了。如果等到生命树结了果，先吃那果，再吃这果，人类的命运就不同了。不过，世事并不依逻辑展向，人类若得不死，却不断作恶的话，世上岂非充满撒旦了。

耶威神审问二人的时候，女人勇于承认，充满骨气，只说，是拉哈百哄骗我。她也不归咎造物主，没有说，是你造的动物哄骗我。男人则向神埋怨说，是你给我的女人，她给我果子。二人结果都被逐出乐园。他们不过浅尝分善恶的知识树的果子，所得的知识有限。即使够再吃到生命树的果子，他们也不会变成神。因为神是自有永有，天生的全能者。

离开乐园时，男人给女人命名夏娃（havvah），意思是生命（hayah）。他们所缺乏的就是永恒的生命。男人并没有名字，只依"人"的音译，叫作亚当。

拉哈百没有被逐出伊甸园，它没有违背神的旨意，它只是多嘴，好管人事。但它被判犯了诱惑罪，从此要以肚皮走路。这乐园中最奇趣的生物，四只大腿忽然退化；由于多言，从此也不能说话，只能吞吐舌头。造物主又惩罚它：人的后裔（zera）要伤（sup）它的头，它的后裔要咬人的脚跟。它的名字本来是拉哈百、巨鱼、龙、鳄鱼、利维坦，也被后人狭定，称为蛇（nahas）。分善恶的知识树的果子竟没有罪，它的面前站着六翼天使基路伯（krubim），身旁有转动火焰的剑，守护的可不是分善恶的知识树，而是它旁边的生命树。

男人和女人穿着耶威神为他们做的皮衣离开伊甸园。啊，全能的裁缝。只有女人的后代怀念蛇，承认它是人类的导师和朋友。蛇给人类带来了分善恶的知识，实在比火重要得多，让人类免沦于愚昧无知之列。在集体无意识中，女人向蛇致敬：学习蛇的妩媚，模仿蛇的款摆、蛇的游步，并且常常披上蛇衣。

蛇没有忏悔，它认为自己没有做错。它引导人类对一切好奇，对一切怀疑，对一切求证。怀疑，是哲学的精神；求证，是科学的精神。怀疑加上求证，就是智慧（hokma）的开端。

二〇〇一年十二月

巨人岛

摊开世界地图,肥土镇只不过是一颗芝麻的十分之一大小,那就更不用提巨人岛了。该岛属于肥土镇边陲岛屿中的一处小浮土,本来没有名称,大约一百年前吧,政府把肥土镇的麻风病人都流放到这偏远的地方,建了医院、教堂和宿舍,从此,就叫作麻风岛。

在肥土镇镇史的侏罗纪时代,镇上没有出现过恐龙,却长过巨大的花朵和菜蔬:碗一般大的青椒、枇杷般大的蚕豆、水桶般大的冬瓜。许多人吃过这些蔬菜,当时不觉得怎样,后来却发现整个人愈长愈肥胖,连医生也没有办法解决,只能说,节食吧,减肥吧,运动吧,但并不收效。专家说,这是基因突变引发的后遗症,可怕的说法是瘤变,幸而不会致命。

值得庆幸的是,巨型蔬菜消失之后,肥人不再继续增肥,只是无法恢复原来的样子。医生说,还是不要勉强,一切顺其自然的好。如果坚持要变成所谓"正常"的苗条,整个身体不能适应也就得不偿失。比如说,骨骼已经从小伸长,岂能缩短?心、肺、胃等器官增大了,如何缩小?皮肤都已膨胀,如果拼命收窄,可不变得像泄气球体,皱成一团团。尤其是妇女,皮层满是鱼尾纹,一下子变成像六七十岁的老太婆。所以,顺其自然吧。虽然心脏比一般人大,血管比一般人阔,依比例也属健全,只是肥胖,并没有坏影响。于是肥人也就不再为健康忧愁了。

何况，肥又不是罪过。只不过，肥胖的确有遗传因子，大概要传几代，到了第四代后才恢复正常，生物基因自会慢慢演变。但需要时间，需要耐性。暂时，肥人的健康虽然没有问题，可日常生活却有诸多不便。比如说，对于肥人，肥土镇的道路太狭窄了，楼房的天花又太矮了。肥土镇本来不是大地方，对于原住肥民，竟愈发像故事里的小人国。

在衣食住行各方面，肥胖的新人类面临各种困难。肥人出外乘搭巴士，几乎挤不进通道，头颅又顶着车子的楼板，不得不弯腰垂颈。想坐下来呢，一把三座位的椅子，坐了两个人后，再也容不下肥人。的士根本不欢迎肥人，因为肥人进出车厢，总要挤个老半天，耗费时间。

公共场所如电影院、文化中心的音乐厅、剧场，都没有专为肥人而设的座位。伤健人士有特别的厕所；肥人可惨了，一个宽阔的屁股，非有两倍宽阔的马桶难竟全功。试过好几次，爱听歌剧的少数肥人，不得不劳烦音乐厅的职员张罗，找来一条长椅，扶手和靠背当然欠奉，而且摆放末座，即使买了最贵的票价，也坐不到大堂前和包厢。当胖高音帕瓦罗蒂莅临演唱，全场充塞肥人，而且像年轻小鬼的狂野派对，无视体重的负荷，整晚站立，而不是坐定。

肥人如果是公司总裁、董事，当然可以定制适合自己的大班椅，有自己的办公室；一般的小白领小文员，可不受欢迎。妇女更不易找到工作，去当售货员吧，难道把你安置在玻璃器皿的部门？

你一个转身，无论多小心，马上可以把现场变成音乐厅，上演一曲玻璃七重奏。

上餐室吃东西，一份套餐，根本吃不饱；酒店的自助餐，早已按体重收费。买衣服、鞋帽，买不到。弹性衣料连一般瘦人都穿不进去，何况肥人。一支润唇膏，三天就用完；肥皂，五天；胭脂，一星期。上理发店、牙科诊所，只能坐凳子，理发还得付双倍的价钱，因为头大，头发就多了。眼镜自然特阔，弯身不易，自然老穿休闲鞋，不用绑鞋带。

普通的双人床，只够肥人独睡，肥人夫妇的床起码要十呎阔。由于找不到床，许多肥人不得不在大厅铺上榻榻米。肥土镇楼房的单位都小，肥人都把室内的墙拆掉，才摆得下饭桌和椅子，活动的空间几乎等于零。浴缸更加变成鸡肋，没有一个肥人坐进浴缸后能够自己站起来，个个都给嵌得牢牢的。结果当然得把浴缸夷平，改用淋浴的花洒。试过有一肥人，致电警方求救，别人以为他遭入屋绑劫，原来是嵌在浴缸中。

正在这个时候，有几个肥富商向政府申请土地兴建适合肥人居住的别墅。有钱人总有办法，政府就把麻风岛批给商人，因为肥土镇已经没有麻风病，小岛荒废了许多年。于是，别墅建起来了，开发商认为有利可图，又建了些住宅，三层楼高，房间宽阔，天花特高，楼梯奇阔，家家户户还有小花园。肥土镇上的肥人渐渐都搬到岛上去住。于是，麻风岛变成了肥人岛。

肥人岛上的一切设计都是为了便利肥人。比较起来，岛民比肥土镇少许多，人少地大，又是新市区，加上移民中的肥人不乏建筑师、工程师、城市设计师，就把肥人岛发展成自己理想的家园。岛上的树木全受保护，每户人家要种树，不准用胶袋装垃圾。各人自备布袋到超级市场和商店购物，店铺不送胶袋。垃圾都分类弃置，专人回收。肥人的衣物、家具、用品都得来不易，所以注重实用，不尚花巧，很少废物抛弃，因此，肥人岛上垃圾极少，环境清洁。

肥人知道，理想的家园不易得，大家一齐爱护这片新土地。岛上没有汽车，人人骑脚踏车，或者步行。岛上没有高楼大厦，空气流通，不会造成污染。岛上几乎没有工厂，肥人从事多种手工业，他们自己编织毛衣，缝纫适合肥人的衣裤，做结实的木家具。许多肥人在小花园中种植蔬菜，自给自足。

岛上有文化中心，常常举办戏剧节、音乐节、电影节。岛上有自己的小学、中学，有几间极好的书店。不少家庭饲养动物，养了很肥胖的猫狗，猫狗都在花园和岛上到处散步。岛上最特别的是有许多健康餐厅，供应素食或健康而有营养的食物，因为肥人知道他们不可以继续肥下去。

肥人岛本来只是肥人求生安身的地方，没想到，过了一阵，竟然变成旅游区。也许是那些到过岛上远足的肥土镇市民传开去的消息，都说肥人岛上风景优美，环境清洁，岛上的精英不用上班，只在家中用计算机工作；一般岛民从事手工业，制造特别的东西，而岛上的猫特别肥胖；于是，肥人岛上发展了无烟工业，制造了许多就业的机会。

肥人岛是一个民主制度的岛区，岛上的大小事务和政策，每一户都可以参加讨论，共同商讨。比如，大家一致同意，肥人岛每周只开放两天供外宾旅游，游客不准带胶袋上岛，也不可带手提收音机，随地抛垃圾要罚款，等等。当然，肥人岛欢迎朋友，不论肥瘦，大家可以预订富有特色的肥人酒店，房间宽阔；也有专人作向导，带游人参观民居，商店里有很特别的纪念品，比如巨大的门匙、汤匙、猫碗、纽扣、鞋绳、指甲刀、指环、手镯、围巾……

带来肥人岛上富裕繁荣的，除了旅游，还有手工业。原来岛上自制的家具、衣物很受欢迎，世界各地的订单纷纷从电邮涌至。因为世界上肥人着实不少，他们也找不到舒适的床、椅、衬衫、裤子、袜子鞋子帽子。那些东西，一直是瘦人，或者不够肥的人制造的。他们也需要较大的睡袋、较长的腰带、较高的木梯、较阔的写字台。一切肥胖者需要的生活用品肥人岛上都应有尽有。还有学校订购肥大的铅笔、宽阔的矮凳。爱猫会还订购下半年岛上新生的小肥猫。

肥人岛没有历史，岛上最早的人类足迹是过境船只上的渔夫，然后就是麻风病人。岛民觉得，医院是岛上的古迹，所以把古老的建筑保留下来，辟为博物馆，主楼的展览除了展出麻风病的病征、病史、治疗的方法、医药和病者的图片外，还有不少实物仪器、病房、诊疗室、药房都保留原貌，供人参观。

小岛也建立了一个新的展馆，把肥土镇的肥人史详细记录，并且搜集世界各地有关肥人的事迹、生活、艺术、文学，筹备了肥人博物馆。凡是肥人到岛上旅游，不论酒店、餐厅，一律半价。事实上，肥人岛上许多家庭都挂上博泰罗、鲁本斯的复制画，亨利·摩尔、马约尔的雕塑图片，帕瓦罗蒂和相扑手的海报。每一个家庭都有一部拉伯雷的小说和王尔德的童话集。

肥人岛上的学校，很注重美劳课，美劳固然培育儿童对美的欣赏，但主要是劳动。所有学童必须参加园艺，种植蔬菜，生物课不是光在实验室中观看显微镜，而是到校园中种小麦草、苜蓿、番茄、丝瓜、青豆。学生还要学缝衣、编织，制造家具。去年校际劳作冠军作品是一个巨大而坚固的摇篮，亚军是彩绘的大木马。

住在肥人岛上的并非都是肥人。比如说，那些幼儿园、小学、中学的教师，医院里的医生、护士、职工，还有不少专业人士、行政人员，都不一定是肥胖的人。他们是在岛上工作，受聘而来。岛上的人虽然肥胖，但没有入过教育学院或大学毕业，未取得教育文凭，不能当教师。肥胖，并非专业资格的证明；单靠肥胖可不能当律师、医生和护士。其他如水喉匠[1]、厨师，也都要有一技之长。聘请职员，看的是学历、经验或技能，不是体型。所以，肥人岛上住

---

[1] 水喉匠：指水管工，粤语中水喉意为水龙头。

着肥胖的人，也住着并不肥胖的人。

大概是从一小撮非肥胖的知识分子开始的，他们认为胖人岛的名称不雅，太俗气了，也有歧视人种的意思。他们尤其不喜欢把成绩不合格的人叫作"肥佬"的俗语。于是，他们主张把岛改名为巨人岛。这么一来，当他们告诉别人，自己是在巨人岛工作，好听得多，身价好像提升了许多。为了突显巨人岛的标志，岛上不少事物都改变了。最鲜明的是大会堂和图书馆，拉斐尔的小天使以及博泰罗的画都给除下来，挂上了孔子、孟子、塞万提斯、卡夫卡。其中，除了孔子，别人都是瘦瘦的，但知识派认为他们是巨人。对于这些改动，本土派也不反对，既是读书的地方，挂孔孟、塞万提斯当然没有什么不妥。

渐渐地，街道也改了名字。肥人岛上的街道不多，主要是环岛大道、海滨大道，然后是第一街、第二街、第三街。知识派认为这些街名没有文化气息，于是改为慈悲圣母玛利亚街，还有一条叫屠龙天使纪利圣米高街，又有一条叫慈航普渡地藏王街。这些街道使岛民一下子也难以适应，不知道自己到底是住在天堂还是地狱。最惨的就是邮差了，花了好几个月才把那一堆街名的中英文名字记熟。在那段过渡期中，邮件寄失、延误、错递的事数也数不清。

又过了一段时日，知识派中也转换了不少派魁，知识系统也不断更改，情况又改变了。因为在新知识派的心目中，所谓巨人的定义，和先前的并不相同。音乐厅里演奏的不再是舒伯特、莫扎特，而是瓦格纳。市政厅内挂的画像是拿破仑和希特勒。为了争论谁是巨人，岛上的确开了一次辩论会，结果，肥人虽然在辩论中得胜，最后却以投票来决定。知识派人多势众赢了，原来肥人岛已被非肥人占领。本土派只能在《肥人日报》及"肥网"上大声疾呼：如果多数是错的，那又怎样？如果真理站在少数的一边又怎样？

肥人岛上的外来派愈来愈多，也愈分歧。他们也在岛上建房屋，而且定居下来。他们根本不需要特大的衣衫、家具、用品，所以，开的商店卖的仍是肥土镇那类货物。巨人岛成为肥土镇连锁商品一大进口地。他们不爱脚踏车，嫌它慢，又费力，所以引进了汽车。他们斩伐树木，开辟车道，建超级购物商场，推广消费，开娱乐场所、动物园。

本来住在岛中心的肥人渐渐迁移到岛上偏僻的地方去了，而知识派由于知识愈分愈细，继续钩心斗角，连类结党，个个争着做巨人和巨魁。他们和肥土镇的商人合作要推出这样那样的发展计划，比如：建摩天大厦，填海以便把巨人岛和肥土镇连接在一起，不必乘船，由轻铁直达。岛的西端，他们将辟为垃圾堆填区，因为肥土镇的垃圾太多，已经没有可以容纳垃圾的地方。至于岛的北面，他们决定兴建核电厂……

巨人岛变得几乎和肥土镇一模一样了，岛上的肥人除了生活在岛上一个肥人之隅外，再也没有活动的空间，衣食住行又渐渐显得局促不便。于是，有些肥人向政府申请拨另一小岛给他们迁徙居住，这一次却遭到拒绝。政府官员的答复是：已经批过一个岛给你们，如何发展、保护土地，该由你们负责。不能因为一点小事就不满意。世界上有哪一块土地、哪一个城市或村镇是令所有人称心满意的？难道肥土镇就十全十美了？还得居民共同努力，携手合作，共创玫瑰园。至于说外民入侵，又不是政府把那些人硬塞到岛上去的。事实上是你们最先需要不同工作的人手，把他们招聘去的，至于人的质素，是教育部的责任，和批地部门无关。地政部只关心人的居住物质空间，精神生活由肥人自己处理吧。肥人在岛上，不是仍有宽阔的楼房么。再说，肥土镇哪来那么多荒废的离岛，肥人又要，瘦人又要，老人也要，小孩也要，如何分配。

　　肥人想想，真的，本来就批了一个岛，没想到变了质，只怪自己不好。比如说，大多数的肥人是沉默的一群，投票时并不积极参加，又不团结抗衡知识霸权派的入侵，只落得目前的境况。于是，肥人分成两种应对的人群，有一些人决定面对面，争取到权力中心去占席位，为肥人争取福利，压制嚣张的对方：可这么一来，原本肥胖的人也因此清减不少。另一些肥人则采取避之则吉的态度，当是遇到了疯狗，绕道而行，甚至搬回肥土镇去，找个较清静的小区安身。

　　忽然，正当新知识派拆卸旧麻风医院、小教堂和麻风病者墓地以便建摩天大厦时，岛上出现了一种传染病。经过卫生部的官员调查，出乎意料，竟证明是麻风。病人的身体东一块西一块红肿起来，手指也变曲伸不直，背佝偻了，脸上长满疙瘩，活像一幅由水果砌出来的图画。这时候，岛上的居民才记起他们居住的地方本来是麻风岛。最令人惊讶的是，岛上的肥人，好像有先天免疫的抵抗力，一个人也没有患上麻风病，患病的都是从别的地方来到岛上并不肥胖的普通人。不到半年，除了肥人，所有的人都急急离开了肥人岛。没有外来者敢上肥人岛了，只有那些研究麻风病的医生和科学家到岛上来搜集资料，实地探讨，为什么麻风病消失了那么多年后会重临，而且暴发得不可收拾。难道它像黑死病，沉睡了许多年后，必将卷土重来？为什么肥人都不会染上麻风病？病理学家、生物学家又发现，肥人不但没有染上麻风病，甚至没有癌症、艾滋病，极少心脏病、糖尿病、高血压。是什么使这些人产生免疫的能力？初步的结论是，岛上的空气不差、水源清洁、食物健康，肥人的心理压力低、生活悠闲、家庭感情融洽、知足常乐。这些还是次要的原因，主因是肥人身上有一种与众不同的基因。

联合国卫生组织和教科文组织一致决议要保护肥人，就像保护珍稀动物一般，因为在他们的身上，可能发现治疗癌症、艾滋病或其他疾病的基因。至于岛上那些患上麻风病的人，因为没有医院容纳他们，都跑到了肥土镇上躲起来，这使肥土镇又受到了威胁。政府终于再把一个小岛辟为麻风岛，建起病院和宿舍，到处搜捕麻风病人，把他们送到岛上医治。

巨人岛又变回肥人岛了，文化中心又挂上博泰罗的画，图书馆中又可以找到拉伯雷的作品。没有人要来填海建隧道和大桥,不会在岛的西端开辟垃圾堆填区,也不会在岛的北面建核电厂。只留下一群肥人开始重建家园。故事的结尾并不像所有的童话,他们从此过着并非幸福也并非不幸福的生活,他们只是过着他们自己的生活。

二〇〇一年七月

巴士
——向格诺致敬

1. 大纲

一辆行驶中的巴士。
若干乘客。
目的地：尖沙咀。

2. 叙事

我登上一辆5C空调巴士，前往尖沙咀。车上约有二十多名乘客，坐在我前面的一位白发老人家，和她身边的一对年纪也不轻的夫妇不知何时已打开了话盒子闲话家常起来。她说她已经八十岁了。上车不久我就闭上了眼睛。

3. 集体无意识

巴士上有一大半的乘客都在打盹。

4. 多声道

有两名乘客的手提电话分别响了,车左车右同时有人大声说话,仿佛对谈。白发老太太提高声音说,她要在太空馆下车,是否已到了?

5. 确定性

楼梯底的板壁上贴了一张新的图画,是个漫画大西瓜,伸出手紧扶车上支柱。早一阵,同样的位置,贴的图画主角是两头狮子,雄狮仰天张大了嘴巴,母狮静伏一旁,嘴边升起一个语言气泡,圈着三个字:咪嘈啦![1]

6. 不确定性

另外一次,板壁上的图画主角是一条体态嶙峋的大蠄蜥,在烈日下的沙漠中昂首傲立,语言气泡中的文字是:唔好话我怪,我钟意暴晒。[2] 年纪不轻的夫妇对老太太说,车子转了弯就到太空馆。

---

1 粤语,意为"别吵啦"。
2 粤语,意为"不要说我怪,我喜欢暴晒"。

7. 诠释

电视广告教导年轻人不要搭讪。一名学生急忙告诉老太太不要到站下车，因为转角的建筑物不是太空馆，而是科学馆和历史博物馆。

8. 种族

听到熟悉的歌声，我睁大眼睛找寻，原来电视在播送盲歌手波切利的影像和歌曲。他和妻子及两个孩子，一起在小城散步。巴士上竟会播这么难得的影音，真是意外。喔，是广告，盲歌手出了新唱片。待会儿逛街倒可以去买一张。有人下车，有人上车，乘客中出现了一名印度妇人，抱了个小孩。

9. 性别

电视竟播映女子足球比赛，不是广告，四川某队对重庆某队。好哇，入球了。兴奋的射手竟一边跑一边脱掉了球衣。真吓我一跳，原来球员都穿运动型胸衣。印度妇人抱着的孩子短发大眼，活泼趣致，穿短衣短裤。坐在四周的人都逗他玩。有人问，小弟弟几岁呀？妇人用粤语答，四岁，她是女儿。又指指她额间的红痣。

雷蒙·格诺（Raymond Queneau），法国小说家。写过一篇《文体练习》，描述公共汽车上的小故事，全文分九十九节。现举一例（郭昌京译，见《世界文学》二〇〇一年第五期）：

10. 彩虹

一天，我在一辆紫色公共汽车的平台上。那儿有一个相当滑稽的年轻人：青脖子，帽子上有细绳。突然，他向一位蓝先生提出抗议。他以一种绿色的声音着重指责那位先生每当有人下车就推他。说完话，他冲向一个黄色的座位，以便坐在那儿。

两个小时后，我在一个橙色的火车站前又看见他，他和一个朋友在一起，朋友建议他，让人在他的红色大衣上加一个扣子。

二〇〇一年十一月

共时

——电视篇

腹胁呈现两团白斑的杀人鲸在起伏的波涛中游弋,神情肃穆,闪着狡秘的眼神;沙滩上有一群海狮拨水嬉耍。一条杀人鲸突然顺着浪势奋力扑上沙滩,张口就噙获一头小海狮,又乘着浪翅回流大海。

杀人鲸展开它们的游戏:把小海狮当作篮球,抛向天空。无助的小海狮从一张嘴巴飞向另一张嘴巴,它在空中翻滚,头手摊伸,成为旋转的风车。

鲸鱼发出尖刺的欢叫声。

* * *

《上帝也疯狂》的非洲明星历苏,从飞机上下来,西装笔挺,结领带,穿皮鞋;进餐时用刀叉。电影公司请他来宣传。镜头一转,他正在接受电台访问,回复土著的打扮:赤身裸足,腰围短布。节目主持悬挂苹果请他表演射靶。他发了一箭,不中;再发一箭,仍不中。空气调节的现代文明社会,冷得他不断哆嗦。这可不用翻译了。工作人员让他披上毛毡。非洲土人也会伤风。一位看官笑说。

* * *

各位浮土镇居民,我是移土顾问,这次参加直选,因为这是开镇以来的大事,缔造了土人治土的历史。我对有些人想同时身兼区域、市政以至立法等机构的三级议员——三级不好听?——很反感。这是 farce,我走遍欧美——大家关心本土,同时应该放眼世界——从未见过。他们如果当选,我一定会公开这种 scandal,令他们成为外国的笑柄。政纲?我不会哗众取宠……还有一分钟时间? Well,祝大家身体健康,投我一票。一票? Sorry,一人投我一票。

* * *

直升机飞行了二三十分钟,仍然只看见水。洪涝泛滥:公路、田野都沦为江湖了。偶然有一二片小洲露出水面,原来是瓦屋顶。远处几个人屈膝在树梢,近镜有人在划木盆。

炎炎夏日,就在高堤上搭起简陋的庵棚。小孩固然没有衣服,镜头摇过来,隐约有一二赤体女子跳下水去。医生为大家涂抹蓝药水,在井水放下明矾。英勇的少妇,用乳汁为武警疗伤。

灾情远比你我所见所知的严重。

*　*　*

满脸怨愤的女子，在厨房内走来走去，忙个不停：取酒瓶，酒杯；打开冰箱，关上冰箱。一面做一面唠唠叨叨：

系，佢系对我好真心。

又话听晒我话架。

只不过一讲到饮酒。

佢就话要同班男人至够爽喝。

嗱，今晚又无我份咯。[1]

终于，她推开门，可不是要离家出走，只见她手端酒食，走向客厅。

*　*　*

那些写过字、包过花朵、折过蜻蜓的纸，都到哪里去了？到回收站去了。变成另一种纸，放在复印机上，可以重现文件和图片；放在传真机上，可以得到远方的讯息。回收的复印纸再生为纸板，制成大大小小的纸盒，包装大冰箱或小菲林卷。回收后的纸板，仍

---

[1] 粤语，意为"是，他是对我好真心。又说都听我的话。只不过一讲到饮酒。他就说要和那班男人喝才够爽。呐，今晚又没我的份咯"。

可再生为厕纸。

厕纸当然不能再回收了,就流入污水渠,进了大海,重返大自然的怀抱,许多许多年后,它们又成为一棵棵的树。

* * *

自从穿逾血瀑布出来,血魔胸前的印记已经升上了额头。如今,他轻轻一挥手,天地在他面前崩裂,风云变色。

血魔对英男说:"你也进入魔道吧,从此以后,我们将天长地久地在一起,永不消灭,成为魔界、仙界、人界的至尊,世界上一切的权力、珍宝,都是我们的。"

英男说:"我是峨眉弟子,绝不入魔道。我是峨眉弟子,绝不入魔道。"

* * *

——这匹马就卖给我吧。
——马我是不会卖的。
　来吧,让我请你喝杯酒。
　(男仆端上世代相传的货色)
——好极了。(他呷了一口)

没有我的练马师,你的马岂不糟蹋了?
——是呀,所以我已重金礼聘你的练马师过来帮我。
——……
——他没告诉你吗?

*　*　*

伫立的麋鹿,拍翼的天鹅
竞走的鸵鸟,开屏的孔雀
皮肤的语言
魅力是没法挡
缂丝的背心、刺绣的斗篷
重彩织锦金缕衣
翠绿玫瑰红
灯笼裤子薄绉纱
大减价,大减价
无可抗拒的诱惑

*　*　*

你踏进雾气腾腾专卖"京食"的铺子,挤到柜台前面,对年轻的女店员喊道,小姐,可以吻一吻你吗?女店员对你不瞅不睬,你只好大喊,睡觉一晚多少钱?女店员转头向店主投诉。一群声势滔滔的大汉跑出来,狠狠揍了你一顿。

你愣了好一阵,只不过想问一问,水饺多少钱一碗?你的普通话,得好好补习发音才行哩。留意下一集的《唱谈普通话》节目吧。

* * *

坦克又出现了。群众用电车、公共汽车、钢筋和铁丝网在路心架设障碍。当坦克驶近,群众用大帆布披盖它的头脸,然后用汽油弹和石头袭击它。大家死命抵着前进的坦克,一个索性就横卧车前,车仍旧碾过来,另一人及时把他拖开。这里那里在昏黄的荧屏上闪亮火光。

俄罗斯国会大厦门前也有坦克,它们是守护天使,插上了鲜花,以及白蓝红的旗帜。

《浪子燕青》补遗

> 附记：《浪子燕青》发表于一九九六年九月间，当时感觉太长，裁去最末的章节，小说其后编收在《故事里的故事》，也没有再补上。这尾巴一直放在抽屉底，好像也忘记了。最近陶然先生以"故事新编"为题，向我索稿，我无意中翻了出来，稍加增删，觉得或者可以独立发表。

造我塑我的人，除了平话、小说、画赞、绣像，还有杂剧。有人说，先有杂剧，后有《水浒传》；有人说，先有《水浒传》，后有杂剧。有人说水浒故事就像一条长河，源头是许多小河，交汇聚合而成；也有人说，这条长河，源头是许多小河，合了又分，一条变了《水浒传》，另一条变了杂剧。

至于河水的清浊，那是看河人的工作。不管如何，《水浒传》中见我，杂剧中也见我。所以，我的创造者，确有另一批人、另一批名字和另一批无名氏。看过杂剧的人，知道李文蔚撰有《燕青博鱼》和《燕青射雁》。射雁的故事出现在《水浒传》第一百一十回上。可那杂剧自己后来就不见了。这样也好，如果掉转来，不见了的是《燕青博鱼》就可惜，《水浒传》中没有我博鱼的事情。那两出杂剧，我都是主角。早期的杂剧，一剧四折，由主角主演，称为正末，从头到尾，由他担纲。

博鱼中的燕青,说的是九月重阳梁山泊众头领放假下山,以三十日为限,迟返一日笞四十,误二日杖八十,误三日处斩,盗寇之法也不可谓不严。三十日时间很短,我要回乡拜祭父母得从梁山到大名府,来回几百里,我却没有戴宗哥哥的甲马,终于迟了回山,犯了军令,总头领要推我出去斩首,幸得众弟兄劝住,脊杖六十,赶我走。那脊杖打坏了我的眼睛。头领叫众兄弟每人予我一支短金钗,下山治理。这杂剧果然和《水浒传》不同,梁山上难道没有安神医,却要下山去医?我坏了眼睛,一百零七个弟兄,怎不见有一人陪我去?李逵却在哪里?

我一个人下山去了,遇到燕大燕二两兄弟,又被杨衙内欺侮。那衙内却和燕大的婆娘有奸情。燕二用针灸医好我的眼。下山时,明明有弟兄们予我金钗,李文蔚偏要我无钱回不了山,到同乐院去博鱼。后来我助燕二一起报了仇,同回梁山水泊。杂剧有许多水浒故事,大都是梁山的弟兄独个下山,途中病倒,受了苦楚,最后救助他人。真是上山容易下山难。我穷困无钱去博鱼,还算不差。关胜更要凄凉,堂堂一个美髯公却去偷人家一只狗,煮得熟熟的,卖了三脚儿,正要卖第四只脚,却惹来一场官司。

《水浒传》写得好看,水浒杂剧可没有了那趣味,活生生的人物通通成了呆鸟。若由我来评说,只有一个好处。这鸟虽呆,仍然会唱。我小乙最爱唱曲,《水浒传》里,哪有歌可唱,用武有地,唱曲无场。即使唱,也没有唱出歌词,只有乐和,在菊花会上好歹唱了一首头领的《临江仙》。这首词，不是头领所写，也不出自施耐庵、罗贯中，原来是张炎所作的《山中自云词》。上半阕一字不易，下半阕另外写过，反而四声不协，并不高明。难为了乐和。

杂剧的好处是有曲可唱，当主角又可从头唱到尾。且听我唱一段《喜秋风》："我与你便丫丫叫，我与你便磨磨擦，我为甚将这脚尖儿细细踏，怕只怕这路儿有些步步滑。"你道我在作甚？这是我唱着在雪地上走路的艰难。《燕青博鱼》自然要讲我博鱼。却说我拿一条赊来的鱼去与人博。七八斤重的三尺金鳞，博一千，赢的取鱼，输的给钱。我们不博八叉儿、三间背，博的是六浑纯。六枚铜钱，掷在地上，有正有背，正面是字，背面是镘。六浑纯要六个铜钱全是字。那燕大和我博鱼，一掷六浑纯，把鱼赢去了。

水浒杂剧中的《闹铜台》《闹元宵》里都见我。我却只是配角，上场跑龙套，也无曲可唱。造我捏我的，又有一个朱有炖，是朱元璋的孙子，博学好古，擅书法，通音律，作杂剧三十一种。《黑旋风仗义疏财》写的是李逵和我行侠仗义，剧本写得并不出色，却仍有好处。别人的杂剧，一个人做主角，一个人主唱。他撰的剧，可合唱、对唱、轮唱，还可以生唱南曲、末唱北曲。也算他能有别创。

有人创造，就有人评点。《水浒传》特别的地方，就在它这个雪球，聚结的不只是那传说、平话、绣像的人，还有那许许多多评点的人。有了他们，《水浒传》更加变得三头六臂，千手观音，有许许多多化身。既有十余个洁本，又有十余个繁本，研究的专家乐得争论不已。一部《水浒传》，翻开来，有图画，有故事，又有评点，看书的人可不快活了。小说的文字里，有夹批、眉批、回首、回末总评、全书总评。有的评人物，有的评结构，有的评笔法。评这评那。评点的人，当然良莠不齐；可不用担心，不好的评点，早晚会在评海里自然淘汰。而看书的人一面看，一面得到有学问的人指点，自然多趣味。那回首、回末和总评，恰恰似小说的簪花；那夹批、眉批正正是一部小说的遍体纹绣。

既有人创造我，就有人评点我。一个人做事以为无人知晓，读小说看到评点岂不马上晓得"头上三尺有神明"？那评点的人，而且不止一个人，就像神明，众目睽睽看着你的所作所为。原来我的一举一动，都被那评点的李卓吾、叶昼、金圣叹众人看得清楚仔细，逐一评说。却看《燕青智扑擎天柱》一回，容与堂本如何评我们：

倘或赢时，也与哥哥增些光彩。

（夹批）有甚光彩？

燕青一手拈串鼓，一手打板，唱出货郎太平歌，与山东人不差分毫来去。

（夹批）趣。

李逵道："你相伴我去荆门镇走了两遭，我见你独自个来，放心不下……

（夹批）忠义。

"我好意来帮你。

（夹批）好。

"你道翻成恶意，我即却偏鸟要去。"

（夹批）是。

李逵道："有甚难处？都依你便了。"

（夹批）妙人。

（眉批）李大哥是每意必同我者也。

知州道："他是金刚般一条大汉，你敢近他不得！"

（夹批）哪个与你比大小？

"这般一个汉子，俊俏后生，可惜了。你去与他分了这扑。"

（夹批）妇人之仁。

这里的批点，就有不同处，评我的说话、打扮，评李大哥的为人、知州说话之无聊，都有点睛作用。评人物时，他们会说：佛、痴人、绝倒；评笔法时，他们则说：有归结、不漏、通、好映带、好关目。看到写得不如意处，就说：腐、都可删。这些评点，既教人看书，教人写书，教评点的人评书，其实也教人做人。读一部《水浒传》，怎不懂得近浓远淡法、琴瑟间钟法、月度回廊法、横桥锁溪法，许多许多法。书里的评点，还有一个好处，它告诉看官，这是人生的写照，可又不过是小说；小说怎样写，人生怎样过，就看我们自己选择。

评点小说者，既教看书的如何看那写法，又教人看那人物的是非曲直、仁孝忠义。一提忠义，争议就多了。评点人者，人亦评点之。一部《水浒传》，这个说是义，那个说是忠；这个说："既是忠义，必不做强盗；既是强盗，必不算忠义。"那个说："身为强盗，心存忠义。"就有金圣叹把《水浒传》七十回之后索性一笔勾销，又把原来的文字改成自己满意的样子。所以，读《水浒传》，就不能只谈金本，我小乙自然不赞成金本，删去后五十回，哪里还有我燕青的面目。有祸，分担不易；有福，共享尤难。金本的评点，才是他的本领，读来令人赞叹。且看这段写李逵：

行不得一日，正走之间，官道旁边，只见走过一条大汉，直上直下相李逵。

（夹批）写得有意思，有气色，便知不是韩伯龙之类。

李逵见那人看他，便道："你那厮看老爷怎地？"那汉便答道："你是谁的老爷？"

（夹批）妙人解人颐。看他开口都有意思，有气色。

李逵便抢将入来，那汉子手起一拳，打个搭墩。

（夹批）奇人奇事。

李逵寻思："这汉子倒使得好拳！"坐在地下，仰着脸问道:"你这汉子姓甚名谁?"

  (夹批)被他打,便知他好拳;服他拳,便问他名姓,铁牛真有宰相胸襟。服之至,爱之至,便急欲知其名姓,连爬起来亦有所不及矣,好贤的铁牛,令人想煞铁牛也。

  那汉道:"老爷没姓,要厮打便和你厮打,你敢起来?"

  (夹批)奇人奇事,便活写出没面目人。

  李逵大怒,正待跳将起来,被那汉子肋罗里又只一脚,踢了一跤。

  (夹批)奇人奇事。

  李逵叫道:"赢你不得。"爬将起来便走。

  (夹批)妙人妙至此,真乃妙不可言。看他如此服善,世上真真有此人?赢不得,便告之言赢不得。

  那汉叫住问道:"这黑汉子,你姓甚名谁?哪里人氏?"李逵道:"今日输与你,不好说出来。

  (夹批)妙人妙至此,真乃妙不可言。

  "又可惜你是条好汉,不忍瞒你。

  (夹批)妙人妙至此,真乃妙不可言。

  "梁山泊黑旋风李逵的便是我。"

  (夹批)妙人妙至此,真乃妙不可言。看他又惜自己,又惜此人,满心倾倒,一腔忠直,世岂真有此人哉?

如此文字，如此评点，都教看书的人眉飞色舞。七十回后的《水浒传》，虽有故事，写得实不高明，正正是事繁文简。七十回的可读处，就在文繁事简。第六十六回写李逵和焦挺，仍有那好看铺陈。七十回后都没有"武十回""宋十回"的列传人物出来，又无新鲜情节，只是重复拖沓，一场场仗打来打去。七十回自然太短，一百二十回又太长。问题不在长，而是乏味。依我燕青，一百回就够，征田虎、征王庆，有何吸引？只得一段女子相扑手出众。那女子岂不英雄，一出场只大喝道："那厮不得无礼，有我在此！"她脱了外面衫子，卷成一团，丢在一个桌上。里面是箭杵小袖紧身，鹦哥绿短袄，下穿一条大裆紫夹绸裤儿，踏步上前，提起拳头，望王庆打来。可惜她本领不到家，被王庆打败。我在三瓦两舍看过许多女子相扑，本领都极高强，就算我去相扑，也不一定能胜她们。女子相扑，也和我们一般，揎衣裸体。就有那司马光上奏皇帝而严加禁约，不得于街市聚众为戏。

李卓吾、叶昼、金圣叹等人之外，评点《水浒传》的人就跟创造水浒的人一样多，具名的还有袁无涯、王望如、金象斗等。看一部会评本，评点人通通出场，趣味更浓，其中自然是李卓吾、金圣叹最好。李卓吾说："《水浒传》文字原是假的，只为他描写得真情出，所以便可与天地相终始。"又说："《水浒传》文字，不好处只在说梦、说怪、说阵处，其妙处都在人情物理上。"他评点《吴加亮布四斗五方旗，宋公明布九宫八卦阵》说："是一架绝精细底羊皮画灯。画工之文，非化工之文。低品！低品！"

金圣叹改《水浒传》，把一部原来的水浒改成自家的意思，这却不是评点，是改写。可他的评点可以细看。他说："《三国》人物事体说话太多了，笔下拖不动趱不转，分明如官府传话奴才，只是把小人声口替得这句出来，其实何尝自敢添减一字。《西游》又太无脚地了，只是逐段捏捏撮撮，譬如大年夜放烟火，一阵一阵过，中间全无贯串，便使人读之，处处可住。"有一段文字，必是他改了。那是《宋公明夜打曾头市》。宋江迟迟不为天王报仇。一日，吴用道："即日春暖，正好厮杀。"个个版本如此，金本则是吴用道："即日春暖无事，正好厮杀取乐。"夹批道：天下岂有不共戴天之事，而需春暖，而需无事，而言取乐者哉？写宋江、吴用全无报仇之心，妙笔。我看了心服。

读《水浒传》，人人有意见，最多人提到排座次。时迁立了不少功劳，却排在一百零七，焦挺身怀祖传绝招，李逵也赢他不得，却排在九十八。石秀如何排在杨雄后面？孙立出卖朋友，天罡就没有他份。关胜排第五，人人当他关云长。李应何以排在十一？小乙排在三十六，大概是《宣和遗事》里就有我，总不好把我赶走。这座位若由我燕青来排，就依上山先后。座位还座位，职分还职分。总兵都头领仍去做那总兵都头领。

许多人说："卢俊义如何坐上了第二把交椅？"其中正有原因。那《宣和遗事》中，朱勉征收花石纲，差李进义、杨志、孙立等十二人为副使，前往太湖等处，押人夫搬运花石。十二人领了文书，结拜为兄弟。李进义先与十人运花石到京城，杨志在颍州等候孙立，为雪所阻，缺乏盘缠，只好将一口宝刀出卖，遇一恶少争吵，杀了那人，被发配卫州军。途中遇到孙立，星夜奔回京师告诉李进义。李率领孙立等十一人杀了公人，救出杨志，同上太行山落草。这李进义正是后来的卢俊义。《宣和遗事·亨集》中三十六天罡，没有宋江，第一名是智多星吴加亮，第二名是玉麒麟李进义。《水浒传》抽掉了花石纲的故事，我主人就没有戏了。直到六十一回，才安排他做了解库的富家公子。生辰纲是梁山泊晁盖做头领，花石纲是太行山李进义为头领。

却说朝官的衣服，官服都依品级绣以禽兽。文官绣禽，武官绣兽。武官一品麒麟，二品狮，三品豹，四品虎，五品熊，六品彪，七、八品犀牛，九品鱼马。若宋江是文官一品，玉麒麟如何不是武官中第一把交椅。不要说第二把交椅，第一把交椅他都坐得，那史文恭正是他捉得。《水浒传》，这小说其实就是一个麒麟。《宣和遗事》是它的头，口头传说是它的角，史迹是它的牛尾巴，平话是它的鹿身，正是能人在这七拼八凑的异兽身上，铺上一片一片锦麟，蜕变成为麒麟。

金圣叹评人物，说花荣是上上人物，写得恁地文秀。史进只算上中人物，因为他后来写得不好。这却不是冤枉了史大哥？在史籍中他本是史斌，统领强人，攻打京西路，有许多故事。到了《水浒传》，东平府的一段，都不见了，只剩下"小弟落在东平府时……"数语。《水浒传》中，我最不喜欢二人，一个是高俅，一个是董平。那高俅是个如何人物？"这人吹弹歌舞，刺枪使棒，相扑玩耍，亦胡乱学诗书词赋。"怎么不似我燕青？可他"若论仁义智信行忠良，却是不会"。那董平又是如何人物？"心灵机巧，三教九流，无所不通，品竹调弦，无有不会。"又是一个小乙模样的人。金圣叹评他是中上人物。董大哥杀了程太守一家，夺人女儿，排座位排在十五。岂能服人。我只当他二人是《三遂平妖传》中的浮荡子弟。

那个高俅，本也是个相扑能手，如何就让我轻易在忠义堂上掀翻了他。可惜了。就该有一回写他相扑如何出色，然后让焦挺哥去胜他最好。前有《燕青智扑擎天柱》，后有《焦挺勇挫高太尉》。教焦挺把他传家绝技一一耍出来，且看哪个无面目。

会有一阕《沁园春》，单讲燕青的好处。开头道："唇若涂朱，睛如点漆。"此乃套语，可以不理。有哪个人不是黑眼睛，红嘴唇？又不是皇甫端、段景住。那词的末结有两句道："四百军州到处惊，人都羡英雄领袖。"这却何解？原来熊克《中兴小纪》有一则史料云："中原之民，不从金者，于太行山相保聚……梁小哥者有众四千……金军遥见小哥旗帜，不敢进。小哥名青，怀卫间人也。"民间传说，燕青即梁小青。

看书的人有许多赞我燕青，也有人数我诸多不是。有说我一生是个奴才，有说我不忠不义，有说我自私自利，得了一道赦书，后来又挑了一担珍珠宝贝下山。别人的评点,可不是小说人物管得了的,但如果人物塑造得活生生,他就有了生命,有了自己的想法,就连创造者也管制不得。上面的评点,我且一一回应。那日我拜别主人,他说:"你辞我,待要哪里去?"燕青道:"也只在主公前后。"主人笑道:"原来也只恁地,看你到哪里?"我燕青一直没有离开主人,他看我不见,我却在他身边。可怜他去朝见上皇,我却进不得。天子当面将御膳赐他,却是贼臣相害,暗中下了水银。主人回庐州时坐船回去,立在船头上消遣,我就在后面小船中看见。不想他被水银坠下腰胯并骨髓里去,册立不牢失脚落河。小乙入水救他上来,却已无气。我可不是天生奴仆,是为报他抚养有恩。主人一死,我从此自由了。

又说那道赦书。赦书有用么?先朝丹书铁券都无用。赦书、丹书能保得你一时,也保不得你一世。我知当朝天子写得一手好字,恰不是人人可以见得,藏得。从前有个皇帝,尚且赚人家一篇《兰亭序》,还带进墓里去了,我燕青何不去赚皇帝一纸瘦金书,拿回去与萧让哥瞄瞄。说到那一担金珠宝贝,本是梁山泊称金分银得来,每次出征打仗,得胜回朝,又有朝廷赏赐,三十四员正将各赏白金二百两,彩缎四表里,御酒一瓶。御酒自然与众弟兄吃了,金银彩缎却留着,就挑下山去。

主人去后,我到哪里去?我虚龄三十,退隐尚早。我又爱唱曲,却去做个山东老货郎。一面抬着货郎担,一面唱着货郎歌。你听我唱:"竹枝一打响叮当,说一回梁山水泊一好汉,手拏川弩一声响,如意儿射中天上一只追捕燕雀的大恶鹰,那鸟儿带伤飞过了十座院子八座场,二十四间大瓦房,还过了一道两道三道四道五道六道七八十来道花壁花儿墙。那鸟飞到了杏花庄,杏花庄有位杏姑娘,准备出嫁梳罢了妆。十样锦的红袄、灯笼裤不短也不长,八幅子罗裙腰中系,脚上穿的绿鞋儿红鞋帮。鞋前绣的是龙戏凤,鞋边绣的是双鸳鸯,中间绣的是梧桐树,梧桐树上落凤凰。姑娘两眼泪汪汪,为的是山上大王要来抢新娘……"

日间我去做卖货郎,晚间我则放下货郎担,到那三瓦两舍去听唱曲,看影戏、杂技、相扑,去那莲花棚、牡丹棚坐地,岂不逍遥快活。若遇有哪个欺负弱小,我则去把他扑倒,把金银送予弱小。我也不带齐眉棍,不带如意子,只囊里袋着石子,路见不平,就用飞石打他,显我梁山侠义精神长存。

又过了许多许多年,在香港看电视片集《水浒传》,结局时一众水浒弟兄接受朝廷招安,到头来死的死,走的走,我燕青呢厌弃名禄,宁愿浪隐江湖,继续顽耍。最后一集,话说我孑孑独行,却来了个美艳逼人的李师师,一起泛舟而去,没有比这更浪漫的新编了,可这下要把评点人气煞。

一九九六年七月

陈大文搬家

一年前一个星期日的早上,陈二文打开门下楼买报纸,却见一只小猫走近来,东张西望,喵喵叫。猫儿面目清秀,通体金黄,陈二文给它喝牛奶,它不喝,跑到书橱底下不再出来,看看原来睡觉了。

陈二文和妈妈都喜欢小动物,文嫂则说,自来猫不好。但陈妈说自来猫是吉祥物,于是把小猫留下。那猫背脊金黄,肚腹一片纯白,取名小白。非常爱洁,把一身毛梳通得整齐柔顺,每天总在不停梳洗。二文也不用替它洗澡,自自然然就是不污染的荷花气派。二文买了猫粮给它,又购买了各种必需的梳子、指甲刀,天天给它捉虱子,和它戏耍,平添许多欢乐。它也依恋陈妈,老是在她椅旁蹲坐,陈妈把它抱在膝上,一同看电视。

家中多蟑螂蚂蚁。有一天,文嫂跳着脚大跑大叫,跑到厨房又跑出厅堂,原来是要捕杀一只大蟑螂。那蟑螂爬到五斗橱背后,文嫂不理三七二十一,朝橱背死命猛喷杀虫剂。这时小白也来助阵追赶蟑螂了,恰恰被文嫂的杀虫剂喷了一嘴脸,顿时猛打喷嚏,喘起气来,伸出舌头,口吐唾涎,躲进二文的房间。屋子里没有别人,只有陈妈在午睡。待得陈二文下班回家,进入房中,只见小白躺在椅子上,奄奄一息,眼睛不开,呼吸微弱,叫声低沉,连忙带它去看兽医,回来时,一脸严肃,原来小白已药石无灵,去了。

一个星期后，客厅的五斗橱边搁了一幅小白的放大照片，是件加了工的手艺品，照片中的小白，身上贴满了毛，都是从小白身上剪下来的。看起来，小白栩栩如生。陈妈说，小白那么有趣，真怀念它呀。过了几日，陈大文对二文说，阿弟，可不可以请你把小白的照片放在自己的房间里？

又过了一个星期，陈家的五斗橱面又多了一件新事物，是一个葫芦形的沙漏，中间窄两头阔，一头装满了沙，掉转放时，沙会缓缓流入另一空间，发出细微的仿如风拂树叶的声音。陈二文常常移动那沙漏，沙粒流动的声音久久不停。一日，二文说，你们听见小白的轻唱么？它还在不停地呻吟哩。文嫂说小白在哪里呻吟呀？二文说，这不是么？就在沙漏里。原来陈二文把小白的骨灰从宠物店取回，买了个沙漏，换进小白的骨灰。文嫂大惊，直叫啊啊啊，电视也不看，跑回房间去了。第二日，大文对二文说，阿弟，可不可以请你把沙漏放在自己的房间里？那一阵，文嫂天天嚷着要搬家。

陈大文真的搬家了。要搬家是因为文嫂觉得她再也不能在贵州街那幢房子里住下去了。本来，陈妈、大文、文嫂、二文，一家四口，住在贵州街一向相安无事，只除了小白的插曲。哪知那条街上会发生惊人的命案呢？比土瓜湾道上的塌楼事件还要可怕许多倍。报纸用上最大的标题、最多的篇幅、最长的时间来报道这件事，所有的字眼都触目惊心：凶杀、肢解、少女、蒙汗药、乳房、阴部、玻璃瓶、刀斧、的士司机。

凶犯是一名夜更的士司机。每天晚上，他在街上兜生意，然而，不知什么时候，他开始挑选那些单身的年轻女乘客。他把车子开到偏僻的地方，乘客一旦发觉，为时已晚，又无力反抗。他早就预备好哥罗芳[1]，一刹车掣，立刻转身，用药巾蒙住乘客的嘴鼻，直至她昏晕过去。然后开车回家。贵州街并不长，中段是的士站，三更半夜时，并没有车辆停泊；街尾是海堤，入夜后尤其荒凉。街头虽连接土瓜湾道，但也因为夜深，再没有行人，即使有人经过，的士站上泊了一辆的士，也是常态。真是月黑风高，的士司机把昏晕的女子扶持下车，一路拖曳入的士站旁的一座唐楼。他就住在三楼，很快回到了家。这昏晕的女子会遭遇什么命运？报上绘形绘声，仿佛记者曾亲历整个过程似的。他在凶宅里，把她的衣衫脱去，狎弄一番，最后用手术刀把她肢解了，乳房、阴部一一仔细割下，放在玻璃药瓶中。一瓶瓶的战利品就搁在架上，像标本。这是个患了精神病的的士司机，似乎非常冷静、理性，可是，文嫂说，又神志不清啊，不然，他为什么还要为尸体拍照？而且笨得拿到照相馆冲印？正是这些恐怖的照片，揭发了这冷血的杀手。他已经前后杀了六个女子，用同样的手法：深夜，偏僻的地方，哥罗芳，的士站，肢解。他做得那么小心翼翼，根本没有人发觉，甚至邻居也没有闻到异味。

---

[1] 哥罗芳：指三氯甲烷，为无色透明液体，具有麻醉作用，可引起急性中毒。

贵州街的的士站，就正在陈二文寓所的楼下，只隔一条横街。文嫂的睡房对正了凶宅的窗子。文嫂手握报纸，整个人在发抖。

"啊啊啊，那个窗子里面，太可怕了。"她说。

"我们一点声音也没听见过呀。"陈大文说。

"你们没有听见小白呵呜呵呜地叫吗？"陈二文说。

文嫂决定要搬家，要是大文不肯，她就搬回娘家。陈大文只好同意了。

陈大文搬家后，给弟弟送来一件礼物，是一只小小猫，约三星期大，黑茸茸的毛，一团绒球似的，却已看出四蹄踏雪，尾巴如扫帚，面貌仍不清晰。陈二文非常欢喜，连忙把旧的猫笼、沙盘、吃碟、梳子、指甲刀等一一翻出来。把小猫放进笼里，它不愿意，不停拍打吵闹，几乎把笼子掀翻了。于是放它出来，就在屋子里巡视一周，躲到书橱下睡熟了。到了晚上，它跳上床，睡在陈二文旁边，而且用身子紧贴着二文，当他是猫妈妈。多次抱它下床，仍不屈不挠，跳上比它高几倍的床，缠斗了一晚，终于由得它。

陈大文搬家时，对母亲说，妈妈，我们会常常回来看你的。他真的常常回来，每星期回来陪母亲吃一两次饭，文嫂却不常来，她的理由是怕猫。做女儿时，她是家中大姐，弟妹一次收养一只猫，她进门看见，大叫一声，竟把猫从窗口摔下街去。

大文送来的猫，二文称它为小黑，渐渐长大，脸面像横置的橄榄，模样有如七品芝麻官。小白聪明，什么都会，上砂盆后会拨砂

掩埋粪便；又喜欢喵喵叫发表意见。小黑刚好相反，好像猫妈妈没教它一套猫才，上砂盆后总是留下一条条小黑蕉，也不用砂盖好；偶然用手爪扒拨，却错了位置。整天只知玩耍，又爱吃，愈来愈肥胖，到了七个月大，去做了绝育手术，整天竖起一条大尾巴，乍看还以为是一只松鼠哩。文嫂老是嚷搬家，终于搬成了，原因已和猫无关。

二〇〇二年十一月

鹜或羔羊

医生对这个人说:"你住在T区,以后就到该区的诊所去吧。"

护士跟着接腔:"T区的诊所,更近你家,岂不更好。"

这个人问:"那间诊所是不是公立的?"

护士连忙答:"是公立的,同样是政府辖下的。"

医生说:"我写个病历卡给你带去,你吃的药也写明。"

这个年近七十的人常常上T区的图书馆,电梯经过二楼时,梯口总有许多人在排队,一些人坐在地上,一些人端了矮凳,地上还有报纸留占空位。那时候,这个人觉得,病人真多,而且大多数是老人家。年纪这么大,轮候想必辛苦。

原来T区的公立诊所正是在图书馆楼下的二楼,这个人带了病历卡,进入诊所来到大堂办事的窗口前,说是想预约诊症时间。

职员说:"这卡是给医生看的。"

这个人说:"那么,先约个日期和时间。"

职员说:"没有预约,每天派筹,得到筹才能见医生。"

这个如同中了电击的人如今才知道在龙头医院求诊的幸福:每次都约好下次的诊期。于是问:"什么时间派筹?"

答复是:"一天两次,早上八时半,午后一时半,每天100筹,额满即止。"

这个人在午后一时来到T区的公立诊所,平日熙熙攘攘的梯间竟一个人也没有。步入候诊大堂，只见黑压压一颗颗头颅，十多排长椅坐满了人。忽然每一颗头颅都向右转，数以百双眼睛齐一地瞪着这个人走进大堂，仍鸦雀无声。这个人惊恐起来，仿佛遇上一群鹫，正在伺机吞噬来者。

大堂四周的门和窗洞都紧紧关上，大室内没有任何工作人员。远远似有隔间，这个人走过去，敲门后直接进入，说是从医院转介，第一次来，想预约诊治。

室内只有两名护士，一人答："没有预约，需轮筹。"这个人说："不是说一时半开始派筹？我是来轮筹的。"另一人说："筹已派完，你看外面不是坐满了人？"

这个人说："已经满筹？"

一人答："他们在十一时已开始排队等候，早上六时已来轮。"

这个人不得不离开诊所，经过大堂走出门口时，回头只见数百双眼睛追踪对望，这个人不知道面觑面的是夺食的鹫，还是沉默的羔羊。

盒子

这个人的家所以会变成如今的样子，完全是设计家造成的。就像如今的美术界面貌，什么装置艺术啦，概念艺术啦，不懂一笔绘画的人都可以变成艺术家，则是杜尚惹的祸。

这个人的家变成什么样子了？变成盒子世界了，走进去转个圈，还以为进了盒子博物馆。这个人，恭维一点的说法，属于单身贵族，即是说，王老五一名，经济条件不错，有余钱购物。这个人恰恰喜欢消费，是个潮人，追求潮流产品作休闲娱乐。他当然有一套理论：消费可以促进社会经济繁荣。如果城民个个做守财奴，商店没生意，厂商少出产，劳动大军个个失业，城市哪来安定繁荣？

再说，现代社会，日新月异，设计家不断推出新产品，那些东西不但可爱动人，还能提升个人的品位。譬如说，即使是狗窝，摆一把 Eames 先生那浴缸般大的白色 La Chaise，可不身价百倍？要不然，来一张明式官帽椅，整个厅堂难保没有官味。

回头再说这个人，他家中的确有一张明式圈椅，不过却是看不见，因为看得见的只是一个盒子。椅子送来时，用纸皮盒包裹，那模样，真型了，[1] 仿佛 Christo 的包裹艺术。于是，盒子不拆开了，原封不动，放在屋隅，难得的是，功能不变，照样可以就座，还蛮

---

1 粤语，意为很有型，很帅气。

结实的，硬中带软，刚中带柔，还不必打蜡，揩抹。

椅子变成盒子家具的经历如上，其他物品大致相似，譬如那个现代花瓶，小摆设而已，原来装的盒子上有作者大大的签名，印在瓶底，花瓶上反而看也看不见。因此，这个纸盒又不该扔掉，打开盒子一端，翻出四侧纸皮，散出花瓣的形状，瓶子留在盒内，一样可以插花，这么特别的花瓶，充满原创精神。

这个人，平日爱看电影，玩游戏机，搜集玩具，特别是设计家的玩具。设计家的玩具，除了形貌特殊，还设计了特别的盒子，和玩具本身合成套装，如玩具娃娃和她们的衣衫，这么一来，如何舍弃盒子？要命的是，本来一件玩具一个盒子，而一系列的玩具，就说十个吧，那十个盒子竟可以砌成两张小沙发，给玩偶坐；有的盒子上面写了1—6的数目字，还原的小盒子竟是可以玩翻筋斗游戏的骰子；还有一些盒子则是棋盘，向你和朋友挑战。结果，买玩具者不但要提供摆放玩具的空间，还得准备摆放同样多体积更大的盒子。这个人呢，干脆由得玩具留在盒内，只看盒面的图像，发挥想象力，也不必替玩具抹灰尘了。

大概这样，这个人家中变成盒子王国了，一切都以盒子面世，如果有人怀疑他根本没有名牌什么什么，他笑笑就算了。如果说杜尚害死了当代美术，设计家带来了家居的灾难，没有了他们，世界是否又会寂寞？

谁说盒子不好，也许它们是环保先锋，说不定我们将来不用购买木头家具，改用纸盒做床、桌椅、沙发等等，可以省回多少木材，放生多少树木啊。说不定设计家正在设计贴身彩绘的纸盒棺材，就像埃及的棺材那样漂亮，还可定制，又便宜，又环保，烧掉也不可惜。这样想，这个人觉得连金字塔也可以是盒子，不过是三角型，人世间没有比这更牢靠的房子了。这时候，窗外就悬挂着一个浮游的、圆形的月亮盒子。

这个人是快乐的，他的盒子家居独一无二，他又买了大大小小的盒子装杂物，全屋整齐，色调和谐，自成风格。最快乐的，当然是这个人家里的其他两个成员，那是两只猫，盒子是它们的游戏天地，在高高低低的盒子林里可以玩捉迷藏，可以磨爪，使家具刻上最原创的浮雕、最奔放的狂草。

创业

城中失业大军升至二十多万,政府倡议城民创业。

两名双失年轻人,学历有限,资金缺乏,并无一技之长,平日只爱看漫画书,画公仔,如何谋生?在大街小巷漫游多日,向长辈筹得一点银两,决定开间小店铺。店铺名叫"打傻瓜",灵感来自游乐场。据叔伯辈的记忆,从前的游乐场,可不是迪士尼、吉蒂猫,机动游戏也只有摩天轮、旋转木马、碰碰车、咖啡杯等,还有粤剧、古老电影上演,此外,还有动物园。至于游戏摊位,有掷硬币、钓鱼,奖品是香口胶、毛毛玩具之类。还有,就是打傻瓜,场内设有三格高木架,每架站满布娃娃,参加者站在五米外,用球抛掷,击下娃娃就有奖。这两名双失,一听到"打傻瓜",灵光一闪,想起自己早几年在 band 5 学校[1]时经常被高年级生揪到厕所戏弄、殴打,打完了还要自称"傻瓜",据说是因为"样衰",结果一直厌恶上学,会考都考了个 0 分,何不也依样葫芦,搞这么一个小店?

两人会画公仔,就画了一些,两人会玩计算机游戏,就从计算机上下载些图像,都贴在硬纸上,做成纸牌人头像,再糊在木架上。店内没有装潢,四壁白粉墙,三盒网球,一架纸板公仔,就开

---

[1] 上世纪八十年代,香港的中学分为五个等级,band 1 为最高,band 5 为最低。2000 年左右,香港取消了学能测验,分级也从五等级缩减为三等级,band 1 为最高,band 3 为最低。

张做生意。纸板娃娃并非蜡笔小新、哆啦Ａ梦、超人怪兽，而是新闻人物，例如美国总统布什、英国首相布莱尔、伊拉克独裁者萨达姆等等一干人。场内还有东抄西抄的对联和横额，例如上边写"天下太平"，两旁就分别写"拳打战争贩子，脚踢侵略恶魔"。时时更换，配合纸板娃娃的内容。这天的图像横额是"天下为公"，对联就是"拳打奸商，脚踢久官"。奇怪的是他们连"久"字也写错。[1]

许多人都看不起这小店，又没有东西出售，可生意却好得不得了。过路的人见一众熟悉的人物，都进来排队，边打边喝，直把那些名流贵族打得灰头土脸，面色青蓝。店铺原来赚钱，但好景不长，警察不多久就来干涉，说是人身攻击，必须封铺。当然，也有立法会的议员为他们申辩，说纸板罢了，又不是真打，不见"打傻瓜"开业以来，每月例行的示威人数减少了吗？当然，马上又有另一党的议员反驳说，今天是假打，明天就会是真打，此风不可长。

两位年轻人本来就没打算永远开这种店，恰巧新建的游乐场雇请职员，他俩报名竟意外地获得录取，暂时不用失业了。

二〇〇五年二月

---

[1] 粤语中，"久"与"狗"同音。

新春运程记历

天官赐福

天干属木、地支属金

五龙治水、二牛耕田

流年大利东南西北

正月初一：宜祈福，拜年。

正月初二：宜上太平山行大运。

正月初三：宜如常口诛笔伐奸商庸官。

正月初四：宜继续救灾。

正月初五：宜投书支持盖里设计西九蓝图。

正月初六：宜找寻 Novolis 的蓝花，送给蓝眼泪的女子。

正月初七：宜读书，逛书店。

正月初八：宜到海边看一座移动的城。

正月初九：宜买土炮 action figure 玩偶两个。

正月初十：宜买靓料减肥西裤一条，七彩横间 tee 一件。

正月十一：宜开禁食朱古力两颗，叹紫米露糖水半碗。

正月十二：宜放猫猫出走廊伸懒腰，散步，翻筋斗。

正月十三：宜春茗，会友。

正月十四：宜如常创作，百无禁忌。

正月十五：宜参加 mask up 派对。

　　　　　　　　　　　　　　　　甲申年腊月